MA LIBRAIRIE INDÉPENDANTE

**Association
des libraires
du Québec**

Association des libraires du Québec (ALQ)
1001, boulevard de Maisonneuve Est
Bureau 580
Montréal, Québec
H2L 4P9
www.alq.qc.ca

Coordination : Katherine Fafard

Illustrations : Pascal Blanchet

Infographie : Geneviève Bernier

Révision : Isabelle Gaudet-Labine

L'Association des libraires du Québec remercie le Ministère de la Culture, des Communications et de la Condition Féminine du Québec et le Conseil des Arts de Montréal pour leur soutien financier. L'ALQ tient à remercier également ses partenaires : l'Imprimerie Gauvin et Nationex.

ISBN 978-2-9811735-0-8

Dépôt légal - Bibliothèque et Archives nationales du Québec, 2010
Dépôt légal - Bibliothèque et Archives Canada, 2010

DE LOINTAINS AILLEURS,
D'IMPROBABLES LENDEMAINS

En somme, l'essentiel des propos qui suivront est lié à cette manière de dette contractée il y a une trentaine d'années par un jeune Jonquiérois qui rêvait de lointains ailleurs, d'improbables lendemains.

Mais d'abord, je crois que des félicitations s'imposent et je les adresse sans hésitation et sans distinction aux libraires réunis sous la bannière de l'Association des libraires du Québec, qui fêtait ses quarante ans d'existence l'automne dernier. En ma qualité de président de l'Union des écrivaines et des écrivains québécois, mais également à titre de simple lecteur et de citoyen, je tiens à rendre hommage à ces commerçants en qui on aurait tort de ne voir que des vendeurs, de même qu'on aurait tort de ne voir le livre que comme un produit de consommation pareil aux autres.

Si vraiment la librairie est ce lieu de rencontre entre les lectrices, les lecteurs et les livres – ces fruits de l'imagination et de la passion des créatrices et des créateurs, ces nourritures destinées à l'esprit, à l'âme et au cœur –, autant dire aussi que le libraire est ce passeur essentiel qui facilite cette communion garante du miracle de la littérature. Comme le soulignait Tahar Ben Jelloun dans son sympathique *Éloge de l'amitié*, « il se peut que [le libraire] n'aime pas un livre en particulier mais, de par sa vocation, il aime le livre en général. »

Vous devinez qu'il me répugne à parler de chiffres en liminaire à un ouvrage qui se veut d'abord et avant tout un éloge de la librairie comme théâtre de partage et de découverte, mais il est impossible de passer sous silence certaines réalités.

Au Québec, on compte actuellement un peu plus de 150 librairies indépendantes. De petite, moyenne ou grande taille, ces commerces ont entre autres avantages d'avoir pignon sur rue dans les grands centres urbains comme dans les régions excentrées. C'est l'une des conséquences directes et réjouissantes des dispositions mises en place en 1981 avec la *Loi sur le développement des entreprises québécoises dans le domaine du livre*, communément appelée Loi 51, qui avait notamment pour objectif d'accroître l'accessibilité du livre et de la littérature d'ici et d'ailleurs sur l'ensemble du territoire.

Bon an mal an, nos libraires indépendants doivent tirer leur épingle du jeu dans un secteur de marché de plus en plus compétitif, dont l'écologie a été sévèrement ébranlée par la concurrence des chaînes de librairies mais, surtout, par celle de ces magasins à grande surface comme Walmart, Costco ou Zellers qui ont adopté la pratique de solder à perte de ces best-sellers à écoulement rapide, privant du coup les libraires agréés d'une importante source de liquidités qui servait à financer la tenue de leur fonds littéraire et culturel.

En juin 2009, l'Observatoire de la culture et des communications du Québec (OCCQ) faisait paraître un rapport qui nous informait que les ventes de livres par les libraires indépendantes, excluant les coopératives en milieu scolaire, avaient connu une décroissance annuelle moyenne de 2,1 % entre 2004 et 2008, une décroissance qui coïncidait avec un recul de 3,0% sur les ventes totales de livres chez nous. Ce premier recul dans ce secteur d'activité économique qui avait connu une croissance annuelle moyenne de 4,0% au cours de la période allant de 2001 à 2008 s'accompagnait hélas de certaines tendances lourdes, dont ce ralentissement de la progression des librairies indépendantes.

Pour reprendre une expression consacrée, si ces tendances se maintiennent, les amoureux des belles lettres auront vite matière à inquiétude et à réflexion. Parce que ce sont les libraires indépendants – les vrais libraires, les passionnés – qui participent le plus à l'essor de la littérature en général et de la littérature nationale en particulier. Ce sont eux qui, après tout, ont aidé les ouvrages littéraires à trouver preneur. Et si on peut se réjouir de ce qu'une autre enquête du ministère de la Culture et des Communications sur les habitudes culturelles au Québec nous révélait en 2004, à savoir que le tiers des livres que l'on retrouve désormais sur la table de chevet des lectrices et lecteurs porte la signature d'une écrivaine ou d'un écrivain d'ici, il faut aussi reconnaître le rôle fondamental qu'ont joué nos libraires, dont les indépendants au premier chef, dans la conquête de notre marché littéraire.

J'en arrive à ce jeune Jonquiérois épris de lointains ailleurs, d'improbables lendemains que j'évoquais tout à l'heure et dont vous avez sans doute deviné l'identité. Rat de bibliothèque dès l'enfance, j'ai pu pendant longtemps compter sur l'impressionnante collection de mon père pour assouvir en partie ma soif et ma faim d'imaginaire. Mais au fur et à mesure que se précisaient mes goûts en matière de littérature et ces appétits que ne pouvaient combler ni les livres de papa, ni les bibliothèques scolaires et publiques, j'ai pris l'habitude de faire régulièrement le périple de plus d'une heure aller-retour en autobus de notre quartier excentré de Jonquière jusqu'au centre-ville de Chicoutimi où la bien nommée librairie Les Bouquinistes a encore pignon sur rue.

C'est là que j'ai acheté mes premiers exemplaires personnels d'œuvres de Ray Bradbury, d'Albert Camus, de Harlan Ellison, de Jacques Ferron et d'Anne Hébert. Je crois bien m'être déjà confié à Laval Martel, le patron des Bouquinistes, sur la question de cette manière de dette contractée par l'adolescent que j'étais dans son commerce; qu'il me soit permis de le remercier à nouveau, lui et toute son équipe, pour ce que leur doit l'écrivain que je suis devenu.

Chacun à leur manière, mes collègues Jean-François Beauchemin, Nicolas Dickner, Robert Lalonde, Marie Hélène Poitras, Jean-Jacques Pelletier et Michel Tremblay expriment dans les textes réunis ici cette idée de la librairie comme caverne d'Ali Baba, lieu de découverte, de partage, de communion. En somme, ils et elle aussi ont accepté de témoigner de leur gratitude vis-à-vis nos libraires, nos amis, par lesquels les fruits des rêves des écrivaines et des écrivains d'ailleurs et d'ici, d'hier et d'aujourd'hui trouvent le chemin de vos mains, de vos yeux et de vos esprits grands ouverts.

C'est un ami précieux, celui qui nous apprend à mieux rêver de lointains ailleurs et d'improbables lendemains. Un ami qui nous veut du bien et dont on souhaite conserver encore longtemps l'amitié.

Stanley Péan, écrivain et passionné de littérature
Président de l'Union des écrivaines et des écrivains québécois

CE QUE JAMAIS ON NE VERRA DEUX FOIS

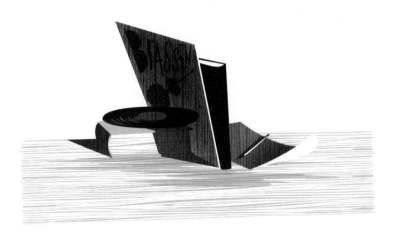

ROBERT LALONDE

Pour Solange

Chez Delphine il y avait des livres, des disques, des glaïeuls, des conversations animées, des rires. Pourtant on voyait le cimetière par la grande fenêtre de la cuisine. Désiré, son vieux père, disait :

   - Tu sais que j'ai déjà acheté ma pierre tombale. Tu la vois? Celle avec l'ange qui n'a pas de croix sur la tête, mais une espèce d'épi qui ressemble pas mal à ta drôle de tignasse!

Et il riait dans sa barbe. Je ne lâchais pas des yeux le sépulcre, pris non pas de tristesse mais d'une sorte d'euphorie qui était tout bonnement l'air qu'on respirait dans cette maison-là. Chaque courte journée y était l'été à elle toute seule. J'étais tout le temps fourré chez les Dumont. Quelque chose finissait, ou commençait, là, chez eux, dans les grandes pièces enchantées où le soleil entrait comme nulle part ailleurs.

Delphine s'était mis en tête de me ressusciter. À tout le moins en mathématiques. J'allais couler mon année à cause d'elles et il n'en était pas question. Elle disait :

   - L'algèbre, les logarithmes, la géométrie, c'est effarouchant mais pas sorcier. Tu vas en venir à bout le temps de le dire!

Nous nous mettions au jardin, sous le grand érable, en bordure des glaïeuls. Delphine m'expliquait et moi je la dévisageais, n'en croyant pas mes yeux. Elle était plus belle que le jour qui brillait. Elle avait vingt-deux ans et moi seize. Elle avait des yeux couleur de rivière à midi et une longue crinière du blond multiple de la paille neuve. Ébloui, mon regard ne la lâchait que pour serpenter dans les entrelacs de la vigne qui grimpait au mur rose de la maison, sautant d'une grande feuille à l'autre, passant de l'ombre au soleil. Une voix en moi répétait : « Tu n'étais pas au monde encore, c'est ici que tu nais et il est temps! » Je ne prononçais pas tout haut ces mots-là de peur de lâcher dans l'air et le soleil nouveaux le noir soupçon de ce chagrin qui ne me quittait pas et que sans doute Delphine lisait sur ma face de carême. À tout moment elle arrêtait la multiplication, ou la division, son long doigt blond soulignant l'ensorcelante racine carrée ou bien la petite fraction d'un long chiffre, illisible encore pour moi, plantait son regard pâle dans le mien et déclarait, d'une voix de très jeune fille :

- J'ai envie d'aller pêcher, pas toi?

Nous éclations de rire dans une si parfaite simultanéité et de si bon cœur que les larmes me montaient aux yeux. Et la voix en moi disait : « Non seulement tu nais, mais ton éclosion se fait sous ses beaux yeux, la sortie de ton cocon, tu déplies tes ailes mouillées dans la lumière incompréhensible de ces yeux-là... » C'était si bon que ça faisait mal.

En guise de contentement de vivre, je n'avais jamais connu que mes jongleries, qui jamais n'étaient allées jusqu'à prophétiser Delphine. Tout au plus avais-je imaginé, dans un avenir lointain, une fille semblable à mes cousines et que j'entraînais vers des plaisirs et des misères que je connaissais déjà, une fille à qui j'avais à tout apprendre et qui me suivait peureusement.

Nous montions dans sa drôle de petite voiture bleu ciel, son coffre rempli des agrès, de l'ancre et d'une boîte de gros vers que j'avais bêchés au jardin. Le village n'était plus le même : sur les vérandas, des étrangers qui croyaient nous connaître nous regardaient passer, la tête penchée sur l'épaule, comme s'ils m'apercevaient et apercevaient Delphine pour la toute première fois. Nous étions nouveaux, nous étions une apparition. J'existais passionnément sur la banquette, la tête au vent, accouplé à mon blond professeur d'algèbre qui m'emmenait pêcher et qui riait pour tout et pour rien.

La chaloupe nous attendait, amarrée au vieux quai de bois. Même le lac n'était plus pareil, ni les joncs, ni le ciel, ni les nuages, ni ma force à manier les rames. Je ne rêvais pas, je ne rêvais plus : c'était avant Delphine que les songes m'emportaient et subitement me laissaient tomber. À présent, j'allais vivre. J'aurais enfin, comme disait le livre que m'avait prêté Delphine, « la vie chevillée au corps ».

***

Les jours où je n'allais pas chez Delphine, je tâchais de garder l'œil ouvert, d'apercevoir vraiment ce que je n'avais jamais vu encore et que je tentais de mettre en mots afin de faire plus tard à Delphine le récit exact de cette nouvelle beauté du monde, que grâce à elle désormais je discernais. Déjà j'écrivais, mais je ne le savais pas. J'échafaudais des narrations sans finir, enfilant les mots comme des perles dont je lui faisais colliers, bracelets et bagues : ils étincelaient, gouttes de rosée cristallisées en diamants, en émeraudes. J'arrivais chez elle gonflé comme la grenouille qui va chanter, siffler. Mais ça ne venait pas : ma gorge bloquait, ma voix s'enrayait, je bafouillais. Delphine riait et quand même affirmait que j'avais du talent. Comment pouvait-elle savoir? Elle disait :

- Ça ne s'entend pas encore mais ça se voit!

Et elle riait, montrant toutes ses dents. Puis elle parlait. J'écoutais éperdument les phrases qu'elle prétendait me tirer de la bouche et qui énonçaient intelligiblement les nombreuses raisons qu'il y avait à se réjouir de vivre. Enroulant une mèche cuivrée autour de son index, Delphine épelait la singularité, l'extravagance, le beau désordre du monde. D'après elle, tout passait la mesure, tout franchissait les bornes, tout s'écartait de la norme, des règles. L'univers détonnait, faisait explosion, passait d'un extrême à l'autre. Elle disait :

- C'est ça qui est merveilleux, tu vois? Tout dérape et pourtant tout tient ensemble. L'algèbre, les logarithmes, c'est pareil. Ça fait mine d'être compliqué comme le diable et ça l'est, mais c'est un leurre, un attrape-nigaud. Et tu n'es pas si nigaud qu'il paraît. La preuve : tu sais d'instinct où nichent le brochet, le doré, le crapet-soleil. Le problème, peut-être, c'est qu'on s'y est mal pris avec toi...

Elle s'arrêtait brusquement et me détaillait des pieds à la tête, les sourcils en haut du front. On aurait dit qu'elle cherchait alors à me faire apparaître à mes propres yeux : perspicace, doué, affranchi, libre malgré moi. Puis elle se levait et se dandinait mystérieusement jusqu'au salon, où je la suivais. Désiré, dans son fauteuil crapaud, occupé à disputer avec un adversaire imaginaire une épineuse partie d'échecs, levait vers moi deux yeux fatigués et hospitaliers. Delphine se penchait sur lui et articulait fort à son oreille :

- On va faire de la musique, mais comme t'es un peu dur de la feuille, ça dérangera ni ton fou ni ton cavalier, hein, mon cher?

Le bonhomme souriait en hochant la tête et Delphine mettait un disque, tandis que je comptais les livres de la bibliothèque. Je m'arrêtais vite, persuadé que bientôt je les aurais tous lus et serais d'égal à égal avec Delphine, avec Désiré, avec tous les avaleurs de bouquins de ce bas monde pour qui la vérité n'avait pas de secrets. Et puis voilà qu'une grave et chaude voix d'homme, sortant du phono, contredisait ma naïve présomption.

- « Rien n'est jamais acquis à l'homme ni sa force ni sa faiblesse ni son cœur, et quand il croit ouvrir ses bras son ombre est celle d'une croix... »

Je tombais au creux du divan comme au fond d'un tombeau. Ce chanteur-là inexplicablement connaissait mon malheur et m'instruisait de sa durée. Je frissonnais pourtant d'une sorte de joie, nouvelle elle aussi : celle d'entendre pour la première fois exprimé le fondement, à la fois solaire et noir, de ce mal-être qui ne me lâchait pas. Il y avait dans cette voix-là une sorte d'allégresse, un contentement des bons mots cherchés et trouvés, comme une griserie à psalmodier sourdement ce que Delphine appelait « le doute utilitaire ». Elle revenait s'asseoir près de moi, repliait sa jambe sous elle, enroulait de nouveau la houppe blonde à son index et entreprenait de m'initier à la maïeutique, à la dialectique, à l'optimisme averti, à l'hédonisme salutaire. J'en perdais le peu de latin qu'on était de peine et de misère parvenu à m'inculquer. Le soleil, heureusement, inondait la pièce. Tout à l'heure nous irions nous baigner, gagnerions à la nage le radeau ancré dans la baie, nous nous laisserions dériver, crucifiés et heureux, sous le grand ciel bleu fraternellement indifférent.

De mon désespoir, je pensais tout connaître. Il me manquait de savoir que je pouvais en sortir. Je commençais d'en avoir le soupçon, j'oubliais, je m'oubliais. Je ne devenais pas un autre, je me métamorphosais en moi-même. C'était peut-être plus risqué mais ça valait le coup. Sous le regard de Delphine, je m'ouvrais au ralenti, comme ces fleurs dans les films qu'elle affectionnait, qu'elle m'emmenait voir, en ville, et qui proposaient des prises de vue indolentes et rapprochées de foliations, de pousses et d'éclosions à donner le vertige. J'étais, il n'y avait pas de doute, pris d'étourdissement et d'enthousiasme avec elle. Il me semblait même souvent que c'était trop, que j'allais m'évanouir de cette surabondance de Delphine qui voulait pour moi le meilleur et à fond de train.

Nous sortions à la belle épouvante : on aurait dit qu'à la fin les belles chansons désespérées nous poussaient dehors où nous attendaient le soleil, le vent et Ernestine qui sarclait ses glaïeuls, sous un grand chapeau de paille qui lui donnait l'air d'une reine en voyage diplomatique. Elle nous saluait d'un gant de jardinage hissé en drapeau, annonçait une blanquette de veau pour le dîner, sur un air de vieille rengaine française, et aussitôt disparaissait derrière les hampes multicolores. J'avais de toute évidence été déporté chez les rares bienheureux de ce bas monde. À notre passage en coup de vent, le merle s'époumonait, l'aubépine embaumait, les nuages regagnaient le bord de l'horizon : nous éclations au grand jour, nous surgissions, nous fusions, faisant lever les vieux secrets qui nous regardaient prendre le large. Alors j'étais pris de cet orgueil spontané du rescapé, de celui qui jamais ne reviendra en arrière. Je robinsonnais, sautillais comme jamais n'avait sautillé l'enfant que j'avais mal été, faisais de grands bonds dans la lumière, entonnais sur un air accéléré et gai la chanson entendue tout à l'heure, non plus requiem mais chant de marche. Delphine s'y mettait aussi et nous dévalions en cadence la grande côte, arrivions essoufflés sur la grève, faisions décoller les pluviers, leurs criailleries imitant nos rires. Puis nous nous lancions à l'eau en sauvage de cinéma, poussant des feulements qui faisaient s'ouvrir derrière nous des portes, surgir des femmes sur des vérandas. Elles nous apercevaient mais nous ne les voyions pas. Nous nagions en grenouille jusqu'à la dame du séminaire, où quelque vicaire lisait son éternel bréviaire, à cheval sur une grosse pierre. On aurait dit un vieil enfant puni marmonnant son espérance que ce beau monde visible, palpable et qui nous faisait crier de joie, Delphine et moi, l'accueille aimablement lui aussi. Nous nous mettions sur le dos, nous laissions flotter, dériver. Le clocher de l'église passait de bâbord à tribord, trois goélands traversaient en triangle le grand vide bleu. Nous nous parlions en dévisageant l'infini. Je sortais d'un livre qu'elle m'avait prêté une phrase qui m'avait secoué, qui était devenue mienne et que je prononçais avec passion :

- « La jeunesse, ce n'est ni la force, ni la souplesse ni même la joie, c'est la passion pour l'inutile. »

- Redis ça encore!

Je récitais de nouveau la phrase. Alors elle sifflait et disait, à mi-voix :

- T'es plus fort que moi, avec les mots.

- T'es plus forte que moi avec les chiffres.

- Ça ne compte pas autant.

- Comment ça?

- Avec les chiffres, tu survis. Avec les mots, tu vis. C'est tellement mieux.

- Dis pas ça. Sans toi, j'allais couler mon année.

- Couler, c'est pas grave, tu recommences et t'en viens à bout. Mais si tu sais faire chanter les mots, tu perds jamais rien, tout est à toi.

- Parlant de couler!

Je me laissais brusquement descendre au fond, où je me répétais ses paroles que je regardais monter en bulles jusqu'au soleil. J'avais définitivement oublié l'algèbre et les logarithmes, mon année qui coulait et toutes les autres années, celles d'avant Delphine, où j'avais été naufragé sans le savoir. Je crevais la surface où m'espérait son visage sérieux. Elle disait :

- Tu m'as fait peur.

- Moi, c'est avant toi que j'avais peur.

Elle ne demandait pas de qui, de quoi et nous nagions à la file indienne, l'un derrière l'autre, jusqu'au sable noir de la grève.

Je rentrais chez nous aux petites heures du matin, la tête pleine de musique, de grands mots, de nouvelles croyances : pièces à conviction de ma métamorphose, de ma mutation. Le demi-citron de la lune m'écoutait béatement claironner mon changement, ma chance. Le vaste réseau des étoiles me promettait aux plus hautes destinées. Delphine l'avait lu, puis me l'avait répété : « Chaque révolte est nostalgie d'innocence. » Je n'avais jamais été en confiance, toujours je m'étais méfié et j'avais eu raison : on me retenait, on m'empêchait, on me mentait d'un coin de la bouche et de l'autre on m'apprenait que c'était pour mon bien. Soudain la nuit se déchirait et je voyais les abîmes entre les galaxies, les fameux trous noirs dont m'avait parlé Delphine, le vide bienheureux où flottaient les planètes. C'était mieux – c'est encore Delphine qui l'avait dit – infiniment mieux que le paradis avant ou à la fin de nos jours. C'était le grand repos, le juste néant des génies et des obstinés. En attendant, la vraie vie était ici-bas, une lutte, un combat, avec ses fulgurances de tempête qui vous tue ou vous fait avancer, mais aussi ses plages, ses baies, ses anses où se délasser, reprendre souffle et nommer à l'abri – écrire – toutes ces fureurs élémentaires qu'avaient, avant moi, avant nous, chantées les poètes – « La vie est un étrange et douloureux divorce », « la terre est bleue comme une orange ».

Un vent doux soulevait les feuillages : on aurait dit une rivière tiède qui cascadait sur moi. Je me remplissais de ce vent nouveau qui soufflait ma voile et me poussait vers un inconnu enchanté. En apercevant notre maison, la barrière fermée, toutes les lumières éteintes, excepté l'ampoule nue de la galerie, je sentais mon cœur s'arrêter, je faiblissais. Je m'asseyais en moment sur une marche, respirais amplement et me répétais, imitant le phrasé aisé, rapide, de Delphine :

- « Aimer ce que jamais on ne verra deux fois, c'est aimer la flamme et le cri, pour s'abîmer ensuite... »

***

Elle m'emmenait en ville, nous allions au théâtre, au cinéma, dans les musées, dans les librairies où Delphine achetait des livres pour elle, pour moi, pour nous. Ces bouquins-là allaient compter, ils valaient plus que l'or du monde, j'allais y puiser mon eau, ils me garderaient du désespoir, me montreraient à la fois mon passé et mon avenir. Je les lirais au soleil, à l'ombre, griffonnerais mes premières phrases dans leurs marges, imitant d'abord leur style idéal, puis hasardant le mien, gauche, emporté, y épellerais couci-couça mes malédictions et mes joies. Delphine savait, elle me devinait, elle m'initiait, elle avait sans cesse en tête ma sortie du piège, ma grande aventure prochaine dans le monde.

Je sortais chamboulé du théâtre. Je n'avais rien compris à la pièce, mais j'en étais le héros, déclamant dans les rues où nous nous promenions les répliques fatales – « ma liberté m'enivre! », « l'enfer c'est les autres! », « la vie est un songe! » – auxquelles faisaient écho les Ah! et les Oh! de Delphine qui me trouvait du talent là encore et louait ma fidèle mémoire. La ville, le soir, n'était qu'un décor, un labyrinthe sous la pluie fine, arpenté par des silhouettes pressées. Nous nous arrêtions dans un petit square éclairé par la lune d'un lampadaire et soudain j'exultais, sans savoir m'y prendre. J'innovais, je parlais comme un autre, cet autre que je devenais, qui savait et voyait des choses qu'il ne savait pas, ne voyait pas encore, cet autre qui découvrait, époustouflé. Nous cherchions longtemps la bagnole qui n'était plus bleu ciel mais d'un violet funéraire sous les réverbères. Nous riions de monter dans un corbillard et aussitôt défilaient à rebours les édifices et les arbres inconnus, des champs et enfin les toits que nous savions par cœur, le clocher de l'église et la grande flaque d'argent du lac. Nous roulions en silence jusqu'à la petite plage pour ce que Delphine appelait « le bain de minuit ». Elle se déshabillait en hâte – j'avais à peine le temps d'apercevoir ses rondeurs pâles de statue parfaite – et se lançait à l'eau en poussant une huée étouffée. Je l'imitais, lui tournant le dos. Mon corps à moi n'était ni grec ni luminescent ni rien : une charpente depuis toujours engoncée dans mes habits de pensionnaire, mésestimée et qui me faisait vaguement honte. Delphine riait. Elle disait, sa voix déjà au large :

- T'as peur de l'eau, de la nuit ou de moi?

Je me laissais tomber dans l'eau et c'était comme si je chutais dans un inconnu noir, froid et mouvant qui depuis toujours m'attendait. J'avalais mon air et plongeais. J'avais peur et j'étais intrépide, je me serais noyé que déjà j'avais assez vécu : toutes ces heures avec Delphine m'avaient exaucé, j'étais comblé, peut-être était-il impossible d'en demander plus, de continuer? Peut-être avais-je déjà dépassé la limite et qu'à partir de ce soir-là tout allait se démanteler, se défaire, se dissoudre? J'étais alors pris d'un effrayant désir de finir en beauté, sous la lune qui me faisait des bras de dieu indigène. À peine baptisé, j'allais m'éteindre, laissant à Delphine le soin de composer mon éloge funèbre, où apparaîtraient tous les mots que j'avais soulignés dans tous ces livres qui venaient d'elle. Je crevais le dos de la vague, je vivais, ça continuait, Delphine riait, j'étais avec elle sous les étoiles. J'étais heureux à m'en faire peur, j'étais sauvé, j'étais en danger, j'étais enfin vivant.

***

Je n'ai jamais dompté les logarithmes, mais je n'ai pas coulé mon année. Multiplications, soustractions, mises en équation : la vie ne m'a pas épargné la suite de cet été-là, mon tout premier. Mais j'avais commencé à vivre, pas de doute. Ce que je voulais devenir n'existait pas, il me faudrait l'inventer, comme de raison. Mais j'avais eu la meilleure des maîtresses.

- Ton histoire n'est pas inscrite d'avance sur une table de calcul. Tu ne seras jamais raisonnable et c'est tant mieux. C'est toi qui as souligné cette phrase de Dostoïevski : « Regardez autour de vous, il coule des fleuves de sang et si joyeusement qu'on dirait du champagne! »

- Mais...

- Pas de mais! À demain.

- À demain, Delphine.

LE SCANDALE DE ZACHARIAS ASCARIS

NICOLAS DICKNER

Tout débuta il y a cinq ans, bientôt six. *Ballast Publishing*, une jeune maison d'édition britannique, venait de lancer le premier (et dernier) roman de son catalogue : *Le scandale de Zacharias Ascaris* – et rien, non, vraiment rien ne laissait présager les bouleversements que provoquerait ce texte.

Il fallait admettre que les aventures du jeune *Zacharias Ascaris*, quoique narrées avec un sens certain du suspens, n'avaient rien de très extraordinaire. Une bande d'adolescents, des rebondissements, de l'amour, une touche de surnaturel : la recette était éprouvée, mais peu novatrice, et ce livre sans relief aurait normalement dû s'évanouir au bout de quelques mois, emporté par le mouvement marémoteur de l'industrie littéraire.

Or, on connaît la suite : plus de 250 millions de copies de *Zacharias Ascaris* furent écoulées durant la première année, suivies, au cours de l'année suivante, de quelque 800 millions de copies supplémentaires en 67 langues.

Cet explosif succès faisait de *Zacharias Ascaris* le tout premier ouvrage de fiction à doubler le cap du milliard, ce qui le catapultait dans un club extrêmement restreint, à mi-chemin entre le livre des citations de Mao Zedong et la Sainte Bible.

L'auteure, une certaine Jane P. Menard, était « un secret enveloppé dans un mystère, niché à l'intérieur d'une énigme. » Trentenaire, blonde, jolie, elle n'apparaissait en public qu'à l'occasion de certains événements stratégiques. Elle rédigeait un blogue irrégulier et insipide où elle affirmait aimer les petits mammifères et les couchers de soleil, et insistait sur l'importance, pour un romancier, de « savoir s'effacer derrière sa création ».

J'étais doctorant à l'Université de Montréal, à cette époque, et comme la plupart de mes collègues, je n'aurais osé lire Les aventures de *Zacharias Ascaris* qu'enfermé à double tour dans un placard. L'effervescence médiatique qui entourait le phénomène me fascinait, en revanche, et je consacrai de nombreuses heures à la documenter dans ses moindres détails, accumulant fiévreusement des centaines de signets, de photocopies et de coupures de presse. Tout cela est aujourd'hui illisible, bien sûr, mais je dispose heureusement d'une excellente mémoire.

Je me rappelle clairement lorsque, vers la fin de la deuxième année, au moment où les ventes commençaient à plafonner, quelques centaines de clients d'Amazon signalèrent un étrange problème technique : tous leurs livres électroniques avaient été contaminés ou remplacés par un autre texte.

La plupart des lecteurs identifièrent très vite le texte parasite : il s'agissait du célèbre roman de Jane P. Menard.

Jamais on n'avait vu de corruption de fichiers de ce type. Amazon s'excusa, incrimina un serveur ancré au large de Hong Kong, et remplaça tous les titres corrompus sans frais. Les incidents se multiplièrent, cependant, jusqu'à toucher plusieurs fournisseurs, et on se résigna vite à suspendre les ventes de livres électroniques pour une durée indéterminée.

Les apôtres du papier exultaient : cette déroute servait leur cause mieux que n'importe quel argument, et on enregistra un regain d'engouement pour les librairies traditionnelles.

Personne ne soupçonnait que le livre papier connaîtrait bientôt le même sort.

On répertoria le tout premier cas dans une bibliothèque publique de Mainz, en Arizona : un exemplaire de Twilight, en l'espace de quelques jours, s'était entièrement transformé en copie de *Zacharias Ascaris*. Ce fut le début d'une vague de métamorphoses qui déferla sur les bibliothèques et les librairies du monde entier – quoiqu'il eut été plus juste de supposer que la métamorphose avait commencé depuis un moment, dans les entrepôts et les rayons reculés, et que l'on avait simplement tardé à la remarquer.

Je me souviens bien de mon premier contact avec une de ces copies. Je lisais un roman de William Gibson lorsque, soudain, en tournant une page, je me retrouvai en plein chapitre de *Zacharias Ascaris*. J'étais si abasourdi qu'il me fallût parcourir plusieurs lignes avant de comprendre ce qui se passait. J'examinai avec soin le livre. Aucun changement dans la typographie ou dans le pas de ligne, et peu importe l'angle dans lequel on examinait la page, il ne subsistait pas la moindre trace du texte original. Je revins à la page précédente, que je venais de terminer une minute plus tôt : elle s'était transformée entre-temps.

Dès cet épisode, je cessai de fréquenter les bibliothèques et les librairies. D'autres, plus optimistes, s'entêtèrent plusieurs semaines avant de comprendre.

Des rumeurs de complot circulèrent brièvement. On accusa *Ballast Publishing* d'entretenir une douteuse campagne de publicité – une présomption absurde puisque chaque nouvelle copie de *Zacharias Ascaris* contribuait à ralentir les ventes.

Les altérations, initialement peu fréquentes, se produisaient désormais partout. Tout le monde avait vu « une Copie » – on sentait ce C majuscule hanter la moindre conversation. En les examinant, on notait vite un singulier détail : le début du texte ne coïncidait que rarement avec le début du livre. Dès la première page, par exemple, on pouvait se retrouver au milieu du chapitre 34 – cet énigmatique passage où Zacharias battait le cyclope au ping-pong –, et si le récit se terminait au milieu du livre, alors il recommençait aussitôt, sans discontinuer, comme une chanson qui aurait joué en boucle.

Tous les livres n'en formaient plus qu'un seul, et la Galaxie Gutenberg se comportait comme un immense ruban de Möbius.

La « zacharification » n'avait touché jusque-là que des livres en anglais – où apparaissait (par une déconcertante logique) le texte de l'édition originale anglaise. Bientôt apparurent des copies allemandes dans le corpus allemand. Le portugais, le français, l'esperanto, l'italien, le japonais suivirent, et tant d'autres langues encore, et on rapporta même des copies dans les rares idiomes obscurs où le texte de Jane P. Menard n'avait pas encore été traduit, incluant quelques langues mortes.

C'est à cette époque que circula une information fort intéressante : un reporter du *Wall Street Journal* avait découvert que *Ballast Publishing* était, en quelque sorte, une compagnie fantôme.

Les employés et les cadres ne savaient rien des propriétaires, et la compagnie en tant que telle nichait au cœur d'une véritable matriochka juridique : *Ballast Publishing* appartenait à la compagnie *INTBAL Holding B.V.*, laquelle appartenait à son tour à la *Fondation Stichting INTBAL*, enregistrée à Leiden, aux Pays-Bas. Quant aux droits sur le texte, ils relevaient d'IntBallast Rights B.V., laquelle compagnie appartenait dans l'ordre à *Inter Ballast Holding S.A.* (enregistrée au Luxembourg) et *Inter Ballast Holding* (enregistrée aux Antilles Néerlandaises). Cette dernière compagnie, enfin, était gérée par une société fiduciaire de Curaçao – qui se révéla, après enquête, n'être qu'une simple façade.

Même les économistes en perdaient leur latin.

Pressées de révéler qui se cachait derrière ces différentes entités, les autorités légales avouèrent patauger dans la mélasse la plus totale : les propriétaires et bénéficiaires demeuraient introuvables, et tous les profits s'entassaient dans un compte bancaire de Zurich qui servait exclusivement à défrayer les frais de fonctionnement. Pas un franc n'avait été retiré par le bénéficiaire.

Il ne s'agissait pas d'un compte en banque, mais d'une fosse océanique.

Ballast Publishing étant désormais intangible, l'origine même du texte devint le véritable enjeu. Traquée jusque dans son bunker, la célèbre et élusive Jane P. Menard avoua n'être qu'une comédienne néo-zélandaise, fraîchement graduée du conservatoire d'Auckland, embauchée par une nébuleuse agence de publicité appartenant à la non moins nébuleuse *INTBAL Holding B.V.*

Qui donc avait écrit ce livre ?

Deux sinologues de l'Université Oxford suggérèrent que le texte n'avait pas été composé en anglais, mais qu'il s'agissait en fait d'une traduction. Selon eux, la première version de *Zacharias Ascaris* aurait été rédigée en mandarin, vraisemblablement dans un de ces ateliers d'écriture récemment apparus dans le Guangdong, puis traduite en anglais par un Coréen – certaines subtilités syntaxiques étaient, à cet égard, sans équivoques.

Pour la première fois depuis des lustres, la littérature défraya les manchettes. Elle accapara les bulletins télévisés, satura les ondes radio, congestionna la webosphère.

On vit des rabbins de Jérusalem brandissant, éplorés, ce qui avait été de très anciennes Torah.

On vit la Bibliothèque du Congrès désertée, des papiers gras jonchant le plancher.

On vit des bûchers improvisés sur les places de Paris, des conteneurs débordants de livres en Allemagne, des déchiqueteuses colossales en Inde qui pilonnaient jour et nuit le matériel pestiféré.

Cela ne dura guère. Les attentats de Dubaï chassèrent vite le sujet au second plan. En outre, on ne disposait toujours d'aucune explication et les journalistes répugnaient à invoquer des causes surnaturelles. Dans la rue, les badauds recouraient à tout un charabia pseudo-vaudou tiré du vocabulaire scientifique. Jamais n'avait-on autant entendu parler de nanotechnologie, de cage de Faraday, de mécanique quantique et de théorie des cordes. Tout le monde connaissait désormais le chat de Schrödinger, que l'on brandissait afin de décrire l'état d'un livre que personne n'aurait été en train de lire : ni intact, ni zacharifié, mais intact et zacharifié simultanément.

Les bibliophiles commencèrent à craindre pour leurs collections – ou ce qui en restait. Les coffres-forts les mieux blindés s'avéraient désormais aussi fragiles que de simples boîtes à chaussures. On s'accrochait à une dernière certitude : personne n'avait pu voir (ou filmer) une page en train de se zacharifier, et on en déduisait que le regard humain, même instrumentalisé, pouvait dévier le Phénomène.

On proposa la création de milices de veille, mais le projet s'avéra vite irréalisable : pour préserver un livre, en effet, il aurait fallu regarder chaque page en permanence. Pendant quelques mois, un impressionnant dispositif de caméra protégea une copie du *Livre des mormons*, à l'Université d'Utah. Une anodine panne de courant fit cependant avorter l'entreprise, qui ne fut à ma connaissance imitée nulle part ailleurs.

Plusieurs lecteurs entreprirent d'apprendre leurs textes préférés par cœur – on commençait à deviner la valeur que prendrait bientôt une bonne mémoire. Malheureusement, la fulgurance du Phénomène ne permit guère d'aller très loin. Quelques étudiants du Massachusetts Institute of Technology réussirent à mémoriser une cinquantaine de nouvelles de Ray Bradbury avant que son œuvre ne soit engloutie.

Le choix de Ray Bradbury pouvait sembler discutable – mais la situation s'aggravait à un rythme tel que n'importe quel auteur, n'importe quel livre semblaient convenir. D'ailleurs, le Phénomène s'attaquait désormais aux manuels techniques, aux ouvrages de loi, aux encyclopédies, aux sites Web, aux posologies imprimées sur les flacons de médicaments, aux emballages et étiquettes, aux panneaux routiers, aux passeports, aux tableaux de bord…

Les cas de zacharification se produisaient sans cesse. Vous pouviez lire les ingrédients sur une barre de chocolat et, avant même d'avoir croqué la dernière bouchée, constater que la liste de glucoses, lactoses et autres lécithines de soya s'était transformée en un paragraphe de *Zacharias Ascaris*.

Partout où figuraient quelques mots, le Phénomène frappait.
Cette nouvelle étape engendra un regain d'attention médiatique – fort bref, car aussitôt écrit ou publié, le moindre texte journalistique se zacharifiait.

Alors que les informaticiens cherchaient des moyens pour prendre le Phénomène de vitesse, les ordinateurs cessèrent de fonctionner. Les couches supérieures de leurs systèmes d'opération se composaient de chiffres et de texte – désormais aussi vulnérables que n'importe quel emballage de tablette de chocolat.

Faute d'ordinateurs, les moyens de communication électronique flanchèrent brusquement – et l'humanité sombra, à l'aube d'un 1er novembre pluvieux, dans un grand silence préhistorique.
Radios, télévisions, ordinateurs, téléphones, GPS : tout était mort.
Même l'électricité vacillait.

Cela dura dix jours et dix nuits.

Puis, on exhuma ces antiques émetteurs qui avaient précédé le matériel informatisé, et qui prenaient la poussière çà et là, tout au fond des entrepôts.

Leur installation s'avéra laborieuse – car, bien sûr, les manuels d'instructions, les schémas techniques et même les inscriptions sur les appareils s'étaient transformés. Un peu partout, on vit des techniciens octogénaires reprendre du service, derniers gardiens du savoir, célébrés comme des demi-dieux grecs.

Les vieilles stations de radios analogiques recommencèrent à émettre au bout de quelques semaines, une à une, fragiles comme des chandelles. Leur influence restait régionale, mais assurait une circulation minimale de l'information. On se rassemblait le soir afin d'écouter les dernières nouvelles, assis autour de vieux récepteurs tirés des greniers et des caves.

Ainsi apprit-on que *Zacharias Ascaris* avait entre-temps continué à s'enfoncer, tel un réacteur nucléaire hors contrôle, dévorant des strates profondes de livres conservés sous clé et sous vide, dans des bibliothèques séculaires.

Il y eut, dit-on, quelques suicides lorsque les dernières Bibles de Gutenberg y passèrent.

Alors que nous pensions bientôt toucher le fond, les petits journaux calligraphiés qui circulaient depuis un moment commencèrent aussi à se transformer. La main humaine, dernier bunker de la culture écrite, tombait elle aussi.

La contagion gagna les dernières voûtes. La correspondance d'Isaac Newton, la Constitution américaine, la Déclaration des droits de l'homme et du citoyen, les manuscrits de Balzac, Tolstoï et Bashô, les milliards de caractères tracés par des milliers de copistes médiévaux – tout cela reproduisait désormais les phrases fatidiques et familières de *Zacharias Ascaris*.

Le Codex Leicester, rédigé par Léonard de Vinci, fut tiré de son coffre-fort et examiné dans un miroir, sous la main tremblante d'un conservateur. Il y trouva de longs extraits de *Zacharias Ascaris* élégamment calligraphiés à l'envers.

La moindre liste d'épicerie, le moindre mémo griffonné au stylo se zacharifiait dès que l'on détournait le regard.

Voilà.

Quelque cinq ans ont passé depuis que le tout premier exemplaire de *Zacharias Ascaris* aura été placé dans la vitrine d'une librairie londonienne.

On voit encore des livres un peu partout, mais plus personne ne les lit. Ils ont perdu toute valeur – sinon comme combustible, isolant ou litière. Il ne reste plus que des lambeaux de ce que nous étions, de ce que nous écrivions.

J'ai vu, de mes propres yeux, certaines reliques : une liste d'épicerie en espagnol, une publicité de TWA arrachée d'un vieux numéro du National Geographic, un billet du métro de Toronto. On prétend qu'un tout dernier livre aurait échappé à la zacharification, un code de la route imprimé en Croate – mais qui accorde encore de l'importance à ces bouts de papier ? Ce sont de simples curiosités, des artefacts que nos enfants seront incapables de comprendre.

La tempête semble derrière nous, mais il ne s'agit que d'une impression superficielle. Certains spécialistes estiment que les archives manuscrites du monde seront entièrement zacharifiées sous peu ; déjà, on entend des témoignages à l'effet que les textes rédigés dans la pierre ou le métal seraient aussi affectés.

Nul besoin de futurologue pour deviner que, bientôt, les stèles égyptiennes du British Museum se zacharifieront elles aussi. La Pierre de Rosette reproduira trois versions de *Zacharias Ascaris* – hiéroglyphes, égyptien démotique et grec ancien –, et il en ira ainsi de tous les documents écrits, jusqu'aux plus anciens, jusqu'aux tablettes en argile sumériennes.

Que se produira-t-il lorsque la totalité du matériel écrit de l'humanité se sera entièrement zacharifiée ? Les plus optimistes prétendent que nous entrerons dans une nouvelle ère de l'oralité, libre et sereine. Grand bien leur fasse.

Pour ma part, je crois plutôt que l'*Ascaris* cherchera à poursuivre son invasion dans de nouveaux langages, sur de nouveaux supports. La parole – vibration immatérielle, intangible – n'offrira guère de prise au parasite, et sans doute ne restera-t-il, alors, que ces longues hélices de protéines qui composent notre code génétique.

LE POTAGE AU LAIT DE COCO

LIBRAIRIE

MARIE HELENE POITRAS

Cest dans la loge poisseuse d'une salle de spectacle, à l'un de ces nombreux galas visant à récompenser les artisans de la scène musicale émergente, que j'ai connu Anton. J'avais accepté, à reculons, de dépanner mon amie Émilie, impliquée dans l'organisation de l'événement. Humble et bénévole, dédiée à la gloire des autres, ma tâche consistait à faire étinceler les statuettes à l'aide d'une vieille guenille avant de les confier aux présentateurs, qui les remettaient aux lauréats.

La cérémonie venait de se clore et les applaudissements résonnaient dans mes oreilles. En coulisse, la fête était déjà commencée. J'avais une émission de radio à finaliser pour le lendemain, les pieds encore humides de la sloche de ce février mouillé, le nez qui coulait, bref, le profil bas et une seule idée en tête : rentrer chez moi.

Légèrement pompette, Émilie s'opposait à ma décision.

- Ah t'es don' ben plate! Juste une petite bière…

- Émilie, j'ai accepté de te dépanner pour le gala, mais les musiciens, pour moi, c'est terminé, tu le sais! Mon prochain mec sera utile, pas trop paumé, intégré à la société, présentable à ma mère et…

- Il y a une caisse de bouteilles de champagne dans le *back stage*!

- Bon OK, mais rien qu'une coupe pour tes beaux yeux et ensuite, je file. En plus, va bientôt falloir que je mange sinon je vais tomber en hypoglycémie… Ben quoi? Regarde-moi pas de même.

- T'es en train de te transformer en vieille fille à bobos. Viens don'!

* * *

Dans la grande loge sous la scène, mes appréhensions furent vite confirmées. Le claviériste de Fives Roses *frenchait* avec ce qui semblait être une mineure, le chanteur de Canular, « Révélation de l'année », claironnait qu'il n'avait aucune envie de ranger ses instruments et qu'il cherchait un *roadie* pour ramasser derrière lui, un gars saoul mort ronflait sur le sofa, la tête suspendue au-dessus d'une flaque de vomi, et ainsi de suite dans une pièce emboucanée. Par terre, une couche de sloche recouvrait le plancher de ciment. Tout était crasseux et humide. Je n'avais pas envie d'assister une seconde de plus à cette parade des egos montants et de la déchéance annoncée. En baissant les yeux, je notai que presque tous les musiciens portaient des Converse; deux s'avancèrent vers moi.

Lentement, j'ai levé le regard : jambes fines, jeans effilochés, trou au niveau du genou, chandail de Deja Voodoo (époque *Too Cool to Live, To Smart to Die*) sous un veston ajusté. Et une main tendue vers moi.

- Salut!

La voix était claire, le ton, espiègle.

Alors j'ai posé le regard sur ce visage pour rencontrer deux yeux bleu magnétique balayés par une mèche châtaine. Un sourire traversait cette frimousse qui avait su préserver quelque chose de l'enfance. Les fossettes ajoutaient à cette impression, pure coquetterie de la nature décorant deux joues roses, faites pour être embrassées. Et il avait un espace entre les dents d'en avant.

- Moi c'est Anton, insista-t-il en attrapant ma main.

Son nom, je le connaissais déjà. D'ailleurs, c'était une information que toutes les filles de la ville avait enregistrée dès l'apparition de Dog Days dans le paysage musical. Le groupe s'était distingué à plusieurs reprises ce soir-là en remportant les honneurs les plus convoités : « Artiste de l'année », « Groupe s'étant le plus illustré hors Québec », « Album Indie Rock »…

Anton n'avait pas le profil du *drummer* chauve à la silhouette empâtée qui se tient en retrait. Il jouait debout et avait cette façon d'habiter la scène avec fougue plutôt qu'abrité derrière son attirail de métal. En peu de temps, il avait développé une signature reconnaissable, injectant quelque chose de tribal, de presque primitif au son des Dog Days.

La vie m'envoyait un défi de taille pour s'assurer que j'avais bien retenu ma leçon : apprendre à résister au charme des musiciens. J'avais succombé plus souvent qu'à mon tour ces dernières années et rien de constructif n'avait fleuri là-dessus. J'étais en danger et j'allais devoir me rabattre sur un plan de secours : me rendre inintéressante à ses yeux pour qu'il s'éloigne par lui-même. C'était lâche et paresseux, mais gagnant dans les circonstances. Avec ma chemise de bûcheron, j'étais probablement la seule fille à ne pas s'être habillée chic pour l'occasion et j'étais d'humeur maussade.

- Je m'appelle Marissa. C'est moi qui ai *shiné* vos trophées dans la petite pièce glauque en haut, installée sur une vieille table décrissée dont la patte branlait.

- Hi! hi! T'es toute piteuse, je trouve ça charmant.

Mon plan ne fonctionnait pas!

- En plus, j'ai eu chaud et je sens le *swing*. Mets ton nez sous mon bras, tu vas voir.

- Arrête de dire des niaiseries pis viens boire des bulles.

* * *

Trois verres de champagne plus tard, Anton gravitait encore autour de moi malgré l'essaim de *hipsters*-filles sur leur trente-six qui butinaient dans son aura. Mon plan avait échoué, lamentablement, et quelques derniers relents de lucidité me commandaient de quitter les lieux sans absorber une lampée de plus.

Je me suis levée sans rien dire pendant qu'Émilie *frenchait* avec un journaliste du *Bangbang*. Une fois à l'extérieur, je me suis sentie faible, au bord de l'hypoglycémie.

- Hé, pars pas comme ça!

Anton m'avait suivie.

- J'ai faim. Faut que je bouffe quelque chose.

- OK… Poutine à la Belle Province?

- Écoute, je suis une vieille fille à bobos et je vais tomber dans les pommes si je mange pas quelque chose de bon pour la santé dans la prochaine demi-heure.

- Ben viens chez moi et je te sers un peu de potage courge-lait de coco que j'ai cuisiné tout à l'heure?

Aye. Ouille. J'ai pensé au yogourt passé date et au restant de soupe aux nouilles en forme de *Shrek* abandonnés dans les entrailles de mon frigo. Dans le garde-manger, je trouverais une vieille boîte de craquelins moites et une barre énergétique saveur caramel cireux.

- T'habites dans quel coin? ai-je osé d'une voix hésitante.
- Pas loin d'ici, sur Saint-Denis, juste en haut d'une petite librairie.

* * *

Minuscule garçonnière avec vue sur une artère grouillante. Lucarnes et volets, mur de brique, plancher croche, le cachet lézardé du Plateau, des livres partout, et surtout, cette odeur réconfortante de potage.

- Je t'en réchauffe un bol.

Anton avait râpé un peu de gingembre dans la soupe bien chaude et veloutée, « pour ta gorge, ça te fera du bien ». Il avait même pensé aux protéines, et déposé sur la table un sachet de noix, quelques tranches de cheddar, de l'hummus et une miche spongieuse au kamut. J'avalais les cuillerées de potage les yeux clos, en émettant des onomatopées de plaisir pendant qu'Anton s'affairait aux fourneaux, déjà occupé à une autre recette.

- J'ai jamais rien mangé d'aussi bon! m'exclamai-je.
- Les légumes sont bios, c'est plus savoureux. Quand ça fait quinze, vingt minutes que ça mijote, que la chair de courge est tendre, j'ajoute mon ingrédient secret, le lait de coco.

Dehors, une petite aube pâlotte tentait de s'imposer dans le ciel charbonneux. Ce qu'Anton venait de cuisiner emplissait les lieux d'effluves d'anis et de cardamone. Ainsi ragaillardie, j'entrepris de m'approcher de lui pour me lover encore davantage dans sa lumière. Il venait de déposer l'aiguille du tourne-disque sur un vinyle des Tindersticks.

C'était l'heure où les vies parallèles peuvent exister, juste avant la venue du jour. L'heure où l'on peut se faire croire à soi-même qu'on s'est égaré dans un rêve.

Après un long baiser qui éveilla mon désir de lui, Anton refusa mes avances.

- Non, pas tout de suite, on n'est pas si pressés, objecta-t-il doucement en s'allongeant pour dormir un peu.

Pressentait-il, lui aussi, que son monde et le mien étaient inconciliables? Ma vulnérabilité était peut-être plus ostensible que je ne le croyais. Je ne sais pas.

Il s'endormit presque aussitôt. Je savais que dans mon cas, c'était peine perdue, que le sommeil ne viendrait pas, alors j'ai erré nue dans son appartement en m'étonnant du fait qu'il y avait, ici, encore plus de livres que de disques. Des romans, de la poésie, des encyclopédies, des atlas et des almanachs, beaucoup de littérature jeunesse. Près du lit, sur la table de chevet, sous le *Knulp* d'Hermann Hesse, je remarquai un exemplaire de *Max et les Maximonstres*.

Le jour profita du fait que je le lisais pour se lever.

- Anton?
- Hummmm, dit-il en s'étirant comme un jeune matou.
- Le four… Ta popote. La minuterie a sonné.

* * *

J'étais une piètre cuistot; que quelqu'un se soit donné la peine de préparer quelque chose pour moi m'émouvait. Anton avait cuisiné des muffins au thé chaï et au chocolat noir – encore fondant. Nous étions installés dans son lit, avec du café. Je contemplais la ville par la fenêtre pendant qu'il regardait mes seins.

Au rez-de-chaussée, un homme mince âgé d'une quarantaine d'années et coiffé d'une casquette anglaise s'approcha du Temps perdu pour en déverrouiller la porte.

- Qui c'est, ce monsieur, en bas?
- Le libraire. Mon oncle. Je travaille là moi aussi quand je suis pas en tournée.
- Tu fais quoi?
- Libraire jeunesse, me répondit-il en souriant.

Il était irrésistible, apparemment sans défauts. Du moins jusqu'ici.

* * *

Le soir même, pendant mon émission de radio à CISM, Anton appela à la station pour faire une demande spéciale, *Ballad of Cable Hogue* de Calexico, chanson sublime, sensuelle, voix d'homme relayée par celle d'une femme. Au téléphone, sa voix à lui était mutine, je ne le reconnus pas immédiatement. Mais lorsqu'il se nomma, les auditeurs eurent droit aux tambourinements de mon cœur qui battait jusque dans le micro par-dessus mes bégaiements.

Une partie de moi me commandait de rester vigilante malgré les conseils d'Émilie, promulgués au téléphone un peu plus tard :

- On parle du gars sur qui toutes les filles ont un *kick*! S'il te dit « non, pas tout de suite » et qu'il t'appelle le lendemain pendant ton émission pour te demander une toune sur laquelle un homme et une femme couchent ensemble par la voix, c'est signe qu'il ressent quelque chose.

- Tu penses?

- Mais oui, assura Émilie.

- En plus, il dit qu'il est libraire pour enfants. Je suis censée pouvoir résister à ça?

- Hum… Passe pas à côté d'une si belle prise.

* * *

Dès le lendemain, un dimanche après-midi, je descendis à la station de métro Mont-Royal dans l'intention d'aller traîner à la librairie de l'oncle d'Anton.

Je n'avais rien de bien précis en tête mis à part, peut-être, l'envie de provoquer une coïncidence. Je demeurais perplexe, encore un peu sur mes gardes, mais j'étais de plus en plus intriguée.

Je poussai la porte pour entrer au Temps perdu.

Des rires d'enfants fusaient de toutes parts. Lorsque la salve de fous rires déclina, Anton reprit sa lecture : « *Les Maximonstres roulaient des yeux terribles, ils poussaient de terribles cris, ils faisaient grincer leurs terribles crocs et ils dressaient vers Max leurs terribles griffes* ». Il rugit, faisant mine de sortir les griffes. Les gamins – sous son charme eux aussi – hurlèrent d'une peur feinte, pour le plaisir, puis se mirent à nouveau à rire aux éclats, laissant voir leurs petites dents de lait. Ils étaient une dizaine, cordés sur un banc devant Anton, dans un espace de la section jeunesse réservé à cet effet.

Quant à moi, je m'étais réfugiée derrière la section « polars » pour les épier. Dos à moi, Anton ne pouvait me voir. Il portait son costume de scène, celui dont on le voyait affublé dans les shows de Dog Days, mais retourné à l'envers, toutes coutures dehors. Sur sa tête, un casque en fourrure lui donnait des airs de loup-garou sexy. Non loin des enfants, les mères assistaient elles aussi à la lecture d'Anton. Sur leurs lèvres maquillées naissaient des sourires fripons.

- Vous cherchez quelque chose en particulier? me demanda le libraire au bout d'un moment.

- Euh… Non je fouine, merci.

Anton se tourna vers l'origine de nos voix et m'aperçut.

- C'est alors que la Princesse au petit pois apparut sur l'Île des Maximonstres, enchaîna-t-il, désinvolte, en me faisant signe d'approcher.

Les cris aigus d'enfants surexcités reprirent de plus belle.

À ce moment, précisément, le charisme d'Anton l'emporta sur ma volonté.

* * *

Il était différent des autres musiciens avec lesquels je m'étais liée; j'en étais maintenant convaincue. Anton avait fini par me charmer, mais ça avait dû être plus difficile qu'avec ses autres conquêtes. J'avais envie de devenir gentille avec lui, de relâcher un peu la méfiance pour observer ce qui se passerait.

Pour éviter de m'égratigner le cœur à nouveau ou de m'enliser inutilement dans un état d'attente malsaine, je réitérai mon intention de bousculer le cours des choses, comme je l'avais fait en entrant au Temps perdu. Les jours qui passaient contribuaient à l'idéalisation de l'objet du désir. Le temps embellissait l'autre jusqu'à l'enflure; il fallait combattre cela. J'allais devenir proactive, j'étais pressée.

C'est pourquoi ce soir-là, j'avais décidé de me rendre à l'Escogriffe pour y voir jouer une formation garage-punk de Brooklyn qui tombait en plein dans ses cordes. C'était à deux pas de chez lui; il y serait probablement. Émilie jouerait les chaperons tout en cherchant dans la foule le journaliste du *Bangbang* qu'elle avait embrassé au gala.

On s'est frayé un chemin parmi les fumeurs massés à l'entrée. À l'intérieur, la foule se marchait sur les pieds sans rien voir de ce qui se passait sur scène; pour éviter d'en être contrarié, l'ivresse était fortement recommandée. Les fumeurs commencèrent à rentrer, signe que l'entracte tirait à sa fin. Direction : le bar.

Je posais les lèvres sur le col mousseux d'une stout lorsque je l'aperçus. Anton était assis à l'autre bout du comptoir, apparemment seul. J'eus l'impression qu'il avait détourné le regard. Qu'il ne souhaitait pas être approché. Qu'il cherchait à se dissoudre dans la pénombre ambiante. Quelques accords de guitares se firent entendre, puis on ajusta le volume des micros.

Il ne venait pas vers moi; je me rendis jusqu'à lui en me faisant bousculer au passage par les coudes pointus des filles.

Le groupe entama son concert. Anton ne parlait pas assez fort pour que je le comprenne, mais j'entendais une certaine distance, ses yeux disaient quelque chose d'obscur. Son aura vaporeuse semblait s'être affaissée sur ses épaules. Il était voûté; je ne l'avais encore jamais vu ainsi.

Il me prit par la main et me mena vers la porte arrière du bar qui, en été, donnait sur une jolie terrasse.

Quelques tables en fonte étaient entièrement recouvertes de gros gâteaux de neige. Les lierres sans feuilles rampaient sur le mur en s'accrochant malgré le givre. Décor de ouate, silence feutré, lumière diaphane. Le contraste avec l'agitation du bar était saisissant.

Des rayons de lune frappaient la neige pour s'abîmer ensuite dans les pupilles dilatées d'Anton, deux trous noirs. Il peinait à parler.

   - Écoute Marissa, tu connais pas mon mode de vie. C'est pas tout le monde qui est bien là-dedans. T'sais, je pars souvent en tournée… Je veux pas que quelqu'un s'ennuie de moi ici. Je peux pas me permettre de m'engager envers une fille, ce serait pas *fair*… Pas maintenant en tout cas.

Il était gelé comme une balle.

   - Ça va, dis-je. J'ai compris.

   - Il y a deux Anton. Celui qui lit des histoires aux enfants et celui qui perd la tête en tournée.

   - Mais je sais bien. Je le savais depuis le début.

Même à travers ses brumes, Anton n'aimait pas que je me durcisse. Je voulus clore cet entretien en forme de cul-de-sac.

- Bon ben, Anton, je vais y aller. Tu m'as fait perdre mon temps, mais je t'en veux pas. Salut, charmeur.

Je le laissai en plan, comme ça, ses Converse noirs plantés dans la neige. L'air froid de janvier devait rentrer à pleines bourrasques par le trou de ses jeans au niveau du genou. Mais ça n'était pas mon problème. Peut-être ne sentait-il rien de toute manière vu son état. Je le laissai s'enraciner sur cette terrasse désertée, m'éloignant à reculons vers la porte. À son expression nébuleuse, j'opposais un visage neutre auquel il avait du mal à s'acclimater. La courte idylle entre une hypoglycémique opportuniste et un tombeur en série venait de prendre fin.

À l'intérieur, la forêt de filles hostiles m'accueillit à nouveau en me faisant sentir de trop. Émilie *frenchait* avec le journaliste près de la cabine du DJ. Je lui enverrais un texto plus tard pour ne pas l'inquiéter, quelque chose comme : « T'étais dans le champ ».

Je descendis la rue Saint-Denis dans le but de m'arrêter un moment devant Le Temps perdu. Collée sur un pan de mur, une affiche annonçait le prochain show de Dog Days au National début mars. Soupir.

La librairie était fermée à cette heure tardive, mais l'oncle d'Anton s'affairait encore dans la boutique, occupé à placer des bouquins, à son rythme, sans se presser. Je remarquai le petit banc vide destiné aux enfants et souris, d'un sourire un peu triste.

De l'autre côté de la rue, Anton attendait que je parte pour rentrer chez lui.

Même si la chose était à peu près impossible, je fis semblant de ne pas le voir et poursuivis mon chemin vers le sud.

LES DERNIERS LECTEURS

JEAN JACQUES PELLETIER

1.

- *C'étaient des morts sans importance. Des libraires... Personne n'a fait le lien.*

- *Quatre! Ça aurait quand même dû attirer l'attention.*

- *S'ils avaient été dans la même ville, peut-être... Mais Rimouski, Trois-Rivières, Québec, Gatineau...*

- *Et vous, vous avez fait le lien?*

- *Il y a six mois, j'ai communiqué avec une trentaine de libraires. Je préparais un article sur le livre électronique. Je les ai rappelés pour savoir si leur opinion avait changé. C'est comme ça que j'ai appris qu'il y en avait quatre de morts... Quatre sur trente. En six mois. Ça m'a intrigué. J'ai fouillé pour savoir de quelle manière ils étaient morts.*

- *Et...?*

- *Deux crises cardiaques. Un qui s'est fait renverser par une voiture sur une petite route de campagne. Et un qui est tombé du cinquième étage. Il peignait sa galerie.*

- *Et qu'est-ce que vous voulez que je fasse?*

- *Découvrir qui les a fait mourir de mort naturelle... Ou par accident.*

- *Selon vous, un tueur en série écumerait subrepticement les librairies de la province...*

- *Je veux bien croire que les libraires se tuent à l'ouvrage, mais treize pour cent de mortalité en six mois...*

- *Je ne suis plus en service.*

- *Vous connaissez des gens.*

- *Surtout à Montréal. Vos hypothétiques trucidés sont tous morts à l'extérieur de la ville.*
- *Il y en a probablement eu ici aussi.*
- *Probablement?*
- *Comme mon échantillon est limité, il se peut que j'en aie échappés. En fait, c'est probable. Et s'il n'y en a pas eu, logiquement, il devrait y en avoir.*
- *Qu'est-ce qui motive cette subite illumination? Vous pythonisez dans vos temps libres, maintenant? Vous auscultez les entrailles et jouez les haruspices dans votre sous-sol?*
- *Une grande partie des libraires de la province sont à Montréal. Alors, fatalement...*
- *En plus, vous croyez à la fatalité!*
- *Seulement à la loi de Murphy, à ses lemmes et à ses corollaires.*

Gonzague Théberge se souvenait de sa conversation avec Prose pendant qu'il marchait vers la librairie Le Poids des mots, située près du carré St-Louis.

Trois jours plus tôt, il était passé voir son ami Crépeau, toujours directeur du SPVM, et toujours à son corps défendant. Il lui avait parlé de la théorie de Prose. Crépeau lui avait promis de vérifier. S'il y avait eu des victimes à Montréal. Si oui, il l'appellerait.

Deux jours avaient passé. Puis une grande partie du troisième... Il avait reçu un appel juste au moment où il achevait son apéro et qu'il se dirigeait vers la cuisine. C'était l'heure d'achever la préparation de l'ossobuco qu'il avait promis à madame Théberge.

- Il y en a eu deux à Montréal, avait dit Crépeau. Quatre plus deux égalent six.
- Tes prouesses mathématiques me sidèrent.
- Tu as l'air plus grincheux que d'habitude. Quelque chose ne va pas?
- Mon foie.
- Tu fais une crise de foie?
- Non. Mais il faut que je coupe le vin. Autrement, il paraît que mon foie va se désintégrer.

- La SAQ va décréter une journée de deuil national dans toutes les succursales!

- En tout cas, c'est ce que dit mon médecin, ajouta Théberge, comme si ça résumait les maux de l'humanité.

- Change de médecin.

Insensible à l'humour, Théberge reprit, comme s'il ruminait l'énoncé d'une catastrophe appréhendée :

- Six libraires décédés... En six mois.

- Je suis d'accord, c'est excessif.

- C'est sûrement l'avis de ceux qui sont morts.

- Il vient de se produire quelque chose qui pourrait t'intéresser.

- Une autre victime?

- On peut dire ça comme ça.

2.

Cette fois, la libraire n'était pas morte. Dans le cas contraire, elle aurait été la septième victime. Peut-être que le chiffre sept lui avait porté chance, songea Théberge.

On l'avait conduite à l'hôpital. Sa vie n'était pas en danger. Selon toute probabilité, elle s'en tirerait avec une commotion cérébrale. Mais ça devenait énervant, cette manie qu'avaient les libraires de mourir... ou d'échapper à la mort de justesse.

Quand Théberge entra dans la librairie, les membres de l'équipe technique s'affairaient. Il se dirigea vers Simard et Falardeau, qui fouillaient le bureau de la victime.

En l'apercevant, le visage de Falardeau s'illumina :

- Je le savais!

- Falardeau, vous ne savez rien, répliqua Théberge avec une pointe d'agacement.

- J'ai quand même gagné ma gageure.

Théberge le regarda avec un air méfiant.

- Quelle gageure? Celle de proférer le plus grand nombre d'insanités à la minute?

La remarque ne sembla nullement affecter Falardeau, qui poursuivit :

- J'avais parié avec Simard qu'on vous reverrait sur une scène de crime avant la fin de l'année.

- Je ne vois pas où vous voyez un crime. Selon ce qu'on m'a dit, votre cadavre putatif n'a eu qu'une commotion cérébrale.

- Ce n'est pas parce que l'assassin « putatif » n'a pas essayé, répliqua Simard, en relevant lourdement le « putatif » de Théberge.

Ce dernier se tourna vers lui, attendant qu'il poursuive.

- Il faut que je vous montre quelque chose, reprit Simard.

- Eh bien, qu'est-ce que vous attendez?

Le policier amena Théberge dans la librairie et lui montra un livre qui ressemblait à un immense dictionnaire. Il était posé à côté du tiroir-caisse. Sur la couverture, on pouvait lire le titre : *Tous les mots du monde.*

- Vous trouvez que je manque de vocabulaire? demanda Théberge.

- Prenez-le.

Théberge soupira et prit le dictionnaire, qui lui glissa des mains et tomba sur le sol avec un bruit sourd.

- C'est quoi, ça?

- Du plomb, répondit Falardeau. Le livre a été vidé et rempli de plomb. Il ne reste que la couverture et le papier de la tranche.

- Et ça nous mène où?

- C'est ce que la libraire a reçu sur la tête.

Le regard de Théberge se fixa sur la vitrine de la librairie, derrière Falardeau. On pouvait y lire, en lettres peintes inversées : « Le Poids des mots ». Comme si le décor de la scène de crime voulait le narguer en confirmant le diagnostic de Falardeau...

- Vous voulez dire que quelqu'un s'est servi de ce dictionnaire traficoté pour l'assommer?

- Exactement!

- Pourquoi est-ce qu'il n'a pas pris une matraque? Ça aurait été beaucoup plus simple.

- Parce qu'il voulait que ça ait l'air d'un accident. Regardez...

Falardeau le fit monter sur une chaise.

- Sur la tablette, reprit-il. Au-dessus de la caisse.

- La boîte noire?

- Oui. C'est l'autre partie de l'arme du crime.

Le devant de la boîte était rabattu et un bras métallique sortait par l'ouverture.

- La tige de métal a poussé le faux dictionnaire, qui est tombé sur la tête de la victime.

- Puissante déduction, ironisa Théberge... Et qu'est-ce qui a déclenché cet astucieux mécanisme?

- La libraire devait mourir après la fermeture. Elle était seule dans la librairie... Il fallait qu'elle soit au bon endroit... La solution est évidente!

- Bien sûr...

- Il fallait mettre le piège à l'endroit où elle avait le plus de chances de se trouver et utiliser une télécommande.

- Logique...

Sauf que ça ne collait pas. Pourquoi avoir choisi un moyen aussi compliqué? Aussi risqué? Et qui laisse autant de traces?

- Si je comprends bien, reprit Théberge, votre mystérieux assassin élabore un piège complexe et brillant pour que ça ait l'air d'un accident, mais il laisse dans la pièce tous les indices pour qu'on puisse reconstituer le crime... Ça ne tarabuste pas vos petites cellules grisonnantes?

- À mon avis, répondit Falardeau avec un air de satisfaction, il avait prévu venir effacer les traces du crime après l'accident. Mais il a été pris de court parce que la libraire n'est pas morte et qu'elle a appelé du secours.

Falardeau rayonnait.

- Peut-être, admit Théberge.

Il n'était pas convaincu. Ça n'expliquait pas pour quelle raison l'assassin avait choisi un dispositif dont l'efficacité était aussi précaire. On était loin du professionnalisme apparent des autres hypothétiques exécutions.

Si l'équipe technique trouve quelque chose, vous m'appelez!

- Bien sûr, inspecteur.

- Je ne suis plus inspecteur!

- D'accord, inspecteur.

Théberge se dirigea vers la sortie en grommelant. Dans quelle foutue histoire est-ce que Prose l'avait embarqué? Ça ressemblait de plus en plus à un mauvais film. Son esprit venait même de lui en suggérer le titre : *Sale temps pour les libraires*. Il imaginait l'affiche en noir et blanc avec Humphrey Bogart ou Jean Gabin.

3.

Le lendemain matin, Théberge se rendit au bureau de Crépeau.

- Du nouveau? demanda Théberge en s'assoyant dans la berceuse près de la fenêtre.

- Pas de nouveau cadavre.

Théberge se contenta de soupirer. Un long silence suivit.

- J'ai ce que tu voulais, reprit Crépeau. Les rapports d'enquête sur les premières victimes.

Il jeta un regard en direction du bureau, où il y avait une petite pile de dossiers.

Théberge nota que, dans la déclaration de Crépeau, les victimes avaient perdu leur statut « hypothétique ».

- Y compris celles des autres villes?

- Oui.

- Tu as vu quelque chose d'intéressant?

- À première vue, rien. Je comprends qu'ils aient classé les affaires comme des accidents ou des crises cardiaques.

- Tu as demandé à Pamphyle?

- Oui. Il va faire une autopsie sur les cadavres disponibles.

Voyant le regard interrogateur de Théberge, il ajouta :

- Ça prend l'autorisation d'exhumer. Il y a aussi les trois qui ont été incinérés.

Une expression de désapprobation passa sur le visage de Théberge.

- Ils ne pouvaient pas savoir, reprit Crépeau, comme pour justifier la décision.

- Ce n'est pas ça.

- C'est quoi?

- Être incinéré...

- Tu aimes mieux l'idée de pourrir lentement?

Théberge fit un geste d'exaspération. Puis, après une pause, il reprit :

- C'est comme si on en remettait. Qu'on renchérissait sur la volonté de la nature de nous éliminer. C'est une sorte de... résignation.

- Tu préfères que ton corps se batte jusqu'au bout?... Même si c'est seulement de la résistance passive? Et que la fin est prévisible?

- Je sais... La nature m'a nourri toute ma vie, c'est à mon tour de la nourrir!

Théberge avait fait la dernière remarque sur un ton de dérision. Il se leva de la berceuse, puis il ouvrit les bras, les paumes tournées vers le haut, comme s'il essayait de soupeser quelque chose qui lui échappait.

- C'est comme... comme si on applaudissait à ses propres funérailles parce qu'on trouve l'idée géniale... Comme si on voulait achever le travail.

Deux heures plus tard, Théberge entrait dans un logement situé sur la rue Sanguinet, près de Brazeau. La libraire survivante lui ouvrit.

Théberge s'informa d'abord de son état et lui assura que les policiers prenaient l'affaire très au sérieux. Il lui demanda ensuite si elle accepterait de répondre à quelques questions, même s'il n'était pas là à titre officiel. On lui avait demandé de collaborer officieusement à l'enquête.

La première question était évidente. On avait déjà dû la lui poser, mais il avait besoin d'entendre sa réponse... Se connaissait-elle des ennemis? Avait-elle déjà été victime de harcèlement?

- Je mène une vie tranquille, répondit la libraire. Je travaille soixante heures par semaine sans compter l'administration de la librairie. Ça me laisse juste un peu de temps pour aller au théâtre et au cinéma. Je ne vois pas...

- Je parle de gens qui pourraient vous en vouloir dans le cadre de vos activités de libraire.

Elle secoua lentement la tête avant de répondre.

- Non... Rien de sérieux. Juste les choses normales du métier.

- On parle bien du métier de libraire?

Théberge n'avait pas pu s'empêcher de laisser paraître son étonnement. Il imaginait mal qu'il puisse y avoir des raisons d'en vouloir aux libraires dans le cadre de leurs activités. Commander des livres et les vendre, ça ne laisse pas beaucoup de place à des intrigues tordues.

- Vous seriez étonné... Il y a un auteur qui vient m'engueuler au moins une fois par mois : soit parce que son dernier livre n'est pas dans la vitrine, soit parce que je n'ai pas de piles de ses oeuvres sur les cubes à l'entrée... Il y a les clients frustrés qui ne comprennent pas que ne je n'aie pas tous les livres qu'ils veulent en stock, au moment où ils les veulent... Ceux qui se demandent pourquoi les livres qu'ils ont commandés la veille ne sont pas encore arrivés, parce que sur eBay, ils les auraient déjà... Il y a aussi le distributeur qui m'a prise en grippe. Lui, il remplit l'office de livres que je ne vendrai jamais, mais il n'a jamais ceux que je lui commande... Ou encore, il me refile des livres abîmés que je ne peux pas vendre.

- C'est quoi, l'office?

- Les nouvelles parutions que les distributeurs envoient d'office aux libraires, à intervalles réguliers.

- Est-ce que l'un d'eux pourrait...?

La libraire eut un sourire de dérision.

- Non. Leur violence à eux, c'est la violence verbale. Ils appellent ça défendre leurs droits, refuser de se faire exploiter par le système...

- Et ce sont les seuls qui auraient des raisons de vous en vouloir?

- Oui...

Puis, après une hésitation :

- Le seul autre que je verrais, c'est le jeune que j'ai fait arrêter pour vol à l'étalage. Je l'avais déjà averti deux fois... Mais je ne l'imagine pas faire une tentative de meurtre. Surtout pas de cette façon.

Elle avait raison, songea Théberge. C'était beaucoup trop sophistiqué pour une vengeance de petit voleur. Et puis, ça n'expliquait pas les autres morts.

Avant qu'il ait le temps de lui poser une autre question, elle reprit :

- Je vais vendre la librairie.

Théberge s'efforça aussitôt de la rassurer.

- On peut vous faire protéger... Le temps que les choses se placent...

- Ce n'est pas ça... Il y a un bon moment que je pense à vendre. C'est seulement la goutte qui a fait déborder le vase.

- Vous devriez quand même attendre avant de décider. Le choc des événements...

- Je vous jure, ça n'a rien à voir.

Après une pause, elle poursuivit sur un ton las, presque de confidence:

- Le métier devient de plus en plus dur. Je suis à la librairie six jours par semaine... Avec les salaires que je peux payer, je n'arrive pas à engager assez d'employés compétents. Et je ne peux pas me résigner à embaucher de simples vendeurs qui n'ont jamais ouvert un livre de leur vie... Sans compter le poids de l'administration... Plus tu es petit, plus c'est lourd, proportionnellement... Il y a aussi le livre électronique, les ventes sur Internet... Faudrait investir. Me former. Restructurer la librairie... Je ne suis vraiment plus en âge de me taper tout ça...

4.

À la télé, la corruption dans l'industrie de la construction faisait de nouveau les manchettes. Le lecteur de nouvelles s'adressait au public sur un ton qu'il s'efforçait de faire passer pour de l'indignation contenue avec difficulté. Il relatait le énième refus du gouvernement de mettre sur pied une commission d'enquête publique.

Théberge secoua la tête...

Les gouvernements avaient appris leur leçon. On ne les y reprendrait pas à mettre sur pied une instance dont ils ne contrôlaient pas le fonctionnement. Les derniers à l'avoir fait avaient tous été victimes du monstre qu'ils avaient créé. Gomery avait été la leçon ultime. Pour un parti au pouvoir, l'expression « commission d'enquête publique » était devenue un synonyme d'autosabotage et de suicide. On ne pouvait jamais savoir jusqu'où les commissaires creuseraient. Et si on essayait de les arrêter, ils en appelaient à l'opinion publique... Ce ne serait qu'acculé au pied du mur qu'un parti au pouvoir accepterait de mettre sur pied une commission d'enquête publique. Quel qu'en soit l'objet.

Théberge soupira et se replongea dans la lecture des dossiers que Crépeau lui avait donnés. Il les avait déjà parcourus deux fois sans rien y trouver d'utile.

Ceux des victimes montréalaises étaient particulièrement minces.

Les enquêteurs avaient traité les deux cas comme un suicide et un accident. Ils avaient ensuite procédé en conséquence : ils leur avaient accordé un minimum de temps. Dans l'échelle des priorités, les suicides et les accidents ne faisaient pas le poids. Parce qu'il y avait aussi les enlèvements, les meurtres, le trafic de drogue, les gangs de rues, les guerres entre les groupes criminels... et que les effectifs ne croissaient pas avec les besoins.

Et cela, c'était sans compter toute l'énergie que consumait la gestion de l'image publique du SPVM à la suite de bavures réelles ou simplement alléguées. Parce que le crime organisé avait appris, lui aussi, à se servir des médias pour faire pression sur les policiers.

Théberge ouvrit le dossier de la victime de Trois-Rivières et s'endormit au bout de quelques pages.

5.

C'est la main de son épouse sur son épaule, le lendemain matin, qui éveilla Théberge. Elle lui apportait un café et *La Presse*.

- Ça va finir de te réveiller, dit-elle.

Elle ne parlait pas du café.

En première page, un titre couvrait les cinq colonnes :

UN LIBRAIRE S'IMMOLE PAR LE FEU

L'incendie qui a ravagé hier la librairie Les Incontournables ne serait pas d'origine accidentelle. Selon un courriel reçu par plusieurs médias, le propriétaire de la librairie aurait lui-même allumé le feu qui a rasé l'édifice. Voici le message qu'il a laissé :

« Je préfère disparaître au milieu de mes livres et les emporter avec moi dans l'éternité. Je ne veux pas voir ma librairie être assimilée par une grande chaîne, comme le désire le propriétaire de l'édifice. Je ne veux pas voir mes livres être vendus comme des accessoires parmi d'autres, au milieu d'un tas de bébelles, dans une annexe à un café Internet. Je ne veux pas vendre des tonnes de copies de livres que je n'aime pas... De toute façon, la plupart des lecteurs sont morts ; je vais les rejoindre avec mes livres... »

Théberge reposa le journal sans terminer l'article, prit une dernière gorgée de café et se rendit au téléphone. Il avait fait fixer l'appareil au mur de la cuisine pour protester contre l'envahissement des portables — ce qui ne l'empêchait pas de toujours en avoir un sur lui pour rassurer madame Théberge. De cette façon, si jamais il lui arrivait quelque chose...

Une heure plus tard, il débarquait dans le bureau de Crépeau.

- Et alors? Je peux prendre Simard et Falardeau pour la journée?

- Tu veux récupérer ton bureau, aussi?

- J'ai accepté de rendre service à un ami, grogna Théberge, pas de réintégrer le service.

- On dirait qu'il a effectivement mis le doigt sur quelque chose, ton Prose.

- Ce n'est pas « mon » Prose... Mais je suis d'accord avec toi. C'est pour ça que j'ai besoin du dynamique duo.

- Si tu préfères avoir Rondeau et Grondin...

- Sans façon. Je ne veux surtout pas te priver. Je sais à quel point tu tiens à eux.

Crépeau se leva de son bureau.

- Tu les as pour vingt-quatre heures, dit-il.

Une heure cinquante plus tard, Théberge se rendait chez Roland Zampinetto, le propriétaire de l'édifice qui avait brûlé. Il était accompagné de Falardeau.

- C'est quoi, cette histoire qu'il ne voulait pas que sa librairie soit assimilée à une grande chaîne? demanda Théberge.

- Il y a six ou sept mois, j'ai été approché par BookBuster. C'est une chaîne de librairies australienne qui vient de s'installer au Québec. Ils voulaient établir une succursale à la place de la librairie qui a brûlé.

- Autrement dit, l'incendie, ça les arrange.

- Je ne pense pas qu'ils aimeraient votre conclusion.

- Simple constatation de fait. Ça n'implique aucun jugement.

Zampinetto prit un moment pour évaluer la réponse, puis il poursuivit :

- Ils avaient déjà approché le propriétaire, mais il ne voulait rien savoir de vendre. Alors, ils sont venus me voir...

- Et vous vous êtes entendu avec eux.

- Mettez-vous à ma place! Ils acceptaient une augmentation de loyer de soixante-cinq pour cent! Comme j'étais encore dans les délais, j'ai envoyé une lettre de non-renouvellement du bail au propriétaire de la librairie... Il est venu me faire une scène à la maison.

- On parle bien de celui qui est mort brûlé dans sa librairie?

- Oui... Mais après, je n'en ai plus entendu parler. Je pensais qu'il s'était fait à l'idée... Avoir su...

- Vous auriez fait quoi?

Le propriétaire de l'immeuble parut pris de court par la question.

- Je ne sais pas... J'aurais trouvé quelque chose... Mais une augmentation de 65 pour cent... Un bail de dix ans. Indexé... Avec une entreprise solvable... Qu'est-ce que vous vouliez que je fasse?

- Je compatis à vos déchirements intérieurs.

6.

En début d'après-midi, Simard rejoignit Théberge et Falardeau dans un café de la rue Mont-Royal.

- Je pense que j'ai trouvé quelque chose, annonça Simard, l'air satisfait de lui.

- Quelque chose, fit doucement Théberge. Si vous étiez un tantinet plus précis...

- Il y a eu des manifs contre les deux librairies.

- Des manifs?

- Un groupe de catholiques ultraconservateurs, appuyé par des juifs ultra-orthodoxes et des islamistes radicaux.

- Les Nations Unies de la tolérance et de la largeur d'esprit! Qu'est-ce qui a motivé ce joyeux aréopage de la constipation morale à joindre leurs forces?

- Le libraire avait fait une vitrine thématique avec des livres favorables à l'avortement. Des auteurs pro choix étaient sur place pour une séance de signatures.

Théberge songea qu'il éviterait de raconter l'histoire à sa femme. Inutile d'ajouter aux multiples sources de frustration qu'elle rencontrait déjà en faisant son bénévolat auprès de jeunes prostituées.

- Il y a eu des pierres lancées dans la vitrine de la librairie, poursuivit

Simard entre deux gorgées de café. Une des auteures a été blessée.

- Et l'autre librairie?

- Le même groupe. Cette fois, c'était parce qu'un portrait géant de Salman Rushdie était affiché dans la vitrine.

- Qu'est-ce que les cathos faisaient là?

- Par solidarité. Ils disent que quand on attaque une religion, ce sont toutes les religions qui sont attaquées.

Logique, songea Théberge. C'était comme la hiérarchie de l'Église catholique qui militait en faveur des accommodements raisonnables pour toutes les religions. Tactiquement, c'était la meilleure façon de défendre ses privilèges et de contrer la laïcisation de la société.

- D'accord, dit-il, comme s'il venait de mettre un terme à une réflexion décisive. Tous les deux, vous vérifiez s'ils ont manifesté devant les librairies des autres victimes. Et tant qu'à faire, essayez de voir s'ils ont déjà été mêlés à des controverses.

- Les libraires ou les manifestants?

- Les deux.

Puis, après quelques secondes, voyant qu'ils continuaient à prendre leur café, il ajouta avec humeur :

- Qu'est-ce que vous attendez? D'avoir la mort d'un autre libraire sur la conscience à force de procrastiner?

- On peut quand même finir notre café, protesta Falardeau.

- Sûr... Si vous êtes gentil et que vous le demandez poliment, je suis certain qu'ils vont vous trouver un verre de polystyrène expansé...

7.

Une fois seul, Théberge resta longtemps immobile à penser à l'affaire.

Bien sûr, il ne fallait négliger aucune piste. Les deux manifs, c'était une coïncidence agaçante... Mais il ne croyait pas beaucoup à la culpabilité de ce regroupement improbable d'illuminés et de fanatiques religieux. Sauf exception, le meurtre ne correspondait pas à leur psychologie. Leur style à eux, c'était plutôt le grignotement acharné et méticuleux, l'érosion graduelle et patiente des résistances... Et puis, il n'y avait aucune cohérence dans cette série de décès : d'abord une suite d'accidents et de morts naturelles, puis une gaffe grossière où il était facile de décoder une tentative d'assassinat et, finalement, un suicide largement publicisé...

Comme il ne savait pas quoi faire, Théberge décida d'aller discuter avec les victimes qui étaient à Montréal.

C'était une habitude qui datait de ses débuts, à l'escouade des homicides. Il prenait le temps de s'isoler avec les victimes et de parler avec elles. Souvent, il était étonné des idées qui surgissaient dans son esprit en réponse aux questions qu'il leur posait. Avec le temps, il avait réalisé qu'il continuait de les transporter avec lui tout au long de l'enquête. Il leur parlait régulièrement, il discutait avec elles lorsqu'il était perplexe... Le plus étrange, c'était qu'elles disparaissaient de sa tête uniquement lorsque l'enquête était résolue et le criminel identifié...

Théberge se rendit d'abord au cimetière Notre-Dame-des-Neiges, où étaient enterrées les deux plus anciennes victimes, puis à la morgue, où les restes de la plus récente attendaient leur inhumation. Les deux premières conversations furent paisibles, presque agréables, le calme de l'endroit s'avérant propice à une atmosphère de sérénité. Il n'apprit pas grand-chose, mais en partant, il avait le sentiment qu'ils étaient un peu moins des étrangers. Qu'il leur avait rendu un peu de leur humanité.

La troisième rencontre fut plus pénible. Théberge avait toujours eu de la difficulté avec les victimes qui avaient perdu leur forme humaine. Il s'efforça néanmoins d'entrer en contact, d'être attentif à ce que lui suggérait la présence du défunt. Mais le résultat fut décevant. Quand il partit, la victime n'était pas vraiment redevenue un être humain à ses yeux. Il ne la « sentait » pas.

Quand il rentra chez lui, un message l'attendait : aucune autre manifestation du groupe ultra-religieux n'était répertoriée dans les archives du SPVM.

Pas vraiment une grande nouvelle. Il s'y attendait... Falardeau et Simard continuaient de fouiller pour voir si les libraires avaient déjà été mêlés à des controverses.

Théberge se servit un verre d'Amarone en guise d'apéro et s'installa au salon pour écouter le *Téléjournal*.

Dès l'annonce des grands titres, il sentit une légère brûlure à l'estomac ; on annonçait une nouvelle piste dans « L'affaire des libraires ».

Quelques minutes plus tard, la lectrice de nouvelles présentait les détails :

> Selon des sources généralement bien informées, au moins sept libraires auraient été victimes de meurtres déguisés en accidents ou en suicides. Chose plus étonnante encore, il s'agirait de sept libraires indépendants... Qui veut donc faire disparaître les libraires indépendants ? Interrogé sur ce sujet, le porte-parole du SPVM n'a pas voulu émettre de commentaires, préférant...

Théberge resta un long moment à fixer l'écran sans entendre ce qui se disait. Il éprouvait un curieux sentiment de déjà-vu.

Officiellement, il n'y avait pas « d'affaire des libraires ». Seulement quatre personnes étaient au courant des recoupements : Crépeau, lui-même et le dynamique duo Simard-Falardeau. La fuite ne pouvait pas venir d'eux... Le responsable des meurtres avait-il lui-même alerté les médias ? Si c'était le cas, c'était parce qu'il voulait de la publicité. Or, il y avait deux types de criminels qui voulaient de la publicité.

Un : les maniaques de type « tueurs en série ». Eux, ils étaient mus par un mélange de besoin de faire parler d'eux, de plaisir de défier les policiers et de désir inconscient de se faire prendre.

Deux : les fanatiques, qu'ils soient religieux, politiques ou nationalistes. Ceux-là ne reculaient pas devant les attentats ni le terrorisme pour faire connaître leur cause et leurs revendications.

Théberge était persuadé qu'il n'avait affaire à aucun de ces deux cas de figure. Pourtant, quelle autre explication pouvait-il y avoir ?

Pourquoi tuer des libraires ? Et pourquoi les tuer de cette façon ? Surtout que le mode d'opération et le comportement du meurtrier n'étaient pas cohérents... Tantôt, on aurait dit un tueur professionnel et méticuleux, soucieux d'effacer la moindre trace, tantôt un meurtrier impulsif qui oublie toutes sortes d'indices sur la scène de crime, tantôt un tueur en série qui s'amuse à défier les policiers... Qu'est-ce que ces libraires pouvaient bien avoir en commun, à part le fait qu'ils étaient tous des libraires indépendants ?

8.

Le lendemain, Théberge rencontra Falardeau et Simard dans le bureau de Crépeau. Ce dernier avait accepté de lui prêter les deux policiers pour quarante-huit heures supplémentaires.

- Le sous-ministre de la Culture vient d'appeler, fit Crépeau. Il voulait savoir ce que c'était, cette histoire de libraires assassinés.
- Chanceux...
- J'aurais aimé que tu sois là.
- Tu m'en veux tant que ça?
- Tu as les mots qu'il faut pour les faire taire.
- Je suppose que je dois prendre ça comme un compliment.

La première partie de la journée se passa de façon chaotique, entrecoupée de refus de répondre aux journalistes, d'annonces de fermeture préventive de librairies indépendantes, de coups de fil de politiciens...

Et puis, il y avait les rumeurs sur Internet. La principale voulait que ce soit une des grosses chaînes de librairies qui avait décidé d'accélérer son expansion en récupérant les librairies indépendantes fermées.

Une brève enquête révéla que toutes les victimes avaient été approchées par un acheteur et qu'elles avaient toutes refusé l'offre qui leur avait été faite. Et, dans tous les cas, c'était le même acheteur : BookBuster, une filiale de l'empire australien TOXX Médias.

On n'était plus dans la coïncidence : on était dans la planification globale et la stratégie de marché. Impossible de ne pas faire un suivi de cette information. Aussi, en fin d'après-midi, Théberge se rendit aux bureaux de BookBuster, sur la rue Université.

La rencontre avec le représentant régional de l'entreprise, Berko Larikin, fut relativement courte. Ce dernier reconnut d'emblée avoir pris contact avec tous les libraires décédés... ainsi qu'avec une cinquantaine d'autres.

- En fait, dit le représentant de l'entreprise, vous auriez de la difficulté à trouver une librairie qui en vaut la peine que nous n'avons pas contactée... Et même celles qui n'en valent pas la peine, si leur emplacement est intéressant.

- Vous voulez vraiment acheter toutes ces librairies?
- Notre entreprise entend procéder à un déploiement rapide de ses activités. Autant en région qu'à Montréal.
- Le Québec, ce n'est pas un peu loin de l'Australie?
- Sans vouloir vous vexer, le Québec, pour nous, ce n'est pas vraiment important. C'est une porte d'entrée pour percer le reste du Canada. Et surtout, le marché américain.
- Vous pensez vraiment pouvoir faire fonctionner toutes ces librairies?
- Nous allons bien sûr en fermer un certain nombre, cela va de soi. Et nous allons en consolider plusieurs autres... Il faut rationaliser.
- Vous les achetez pour les fermer!
- Pas toutes, protesta en souriant Larikin, comme si Théberge venait de faire une bonne blague. Même pas la moitié, en fait... Mais il faut prendre le virage du XXIe siècle. Nous voulons devenir un chef de file du livre en ligne. La librairie, avec des livres de papier, c'est terminé. De toute façon, ce n'est pas écologique. Et puis, c'est pesant. Ça provoque des accidents de travail. L'avenir, c'est le téléchargement... On envisage d'implanter des miniboutiques d'achat de livres électroniques dans tous les centres commerciaux de la province. Même dans des dépanneurs. Le livre électronique peut rejoindre les gens où ils sont. Les habitants de Sainte-Sophie-de-Lévrard et de Montréal vont être sur le même pied.
- Sainte-Sophie-de-Lévrard? Vraiment?

Voyant le scepticisme de Théberge, Larikin ajouta :
- Rassurez-vous. Nous ne ferons pas tout ça d'un coup. Nous allons conserver des librairies traditionnelles, avec leurs caisses de livres en papier qui arrachent le dos aux employés... Nous allons les garder tant qu'il restera assez de nostalgiques pour leur assurer une rentabilité minimale.

N'en revenant pas :
- Vous voulez faire des librairies sans libraires...
- Compte tenu de ce qui se passe, vous devriez vous réjouir. Pas de libraires, pas de libraires assassinés.

9.

Le soir, Théberge renonça aux agapes familiales; il s'excusa auprès de sa femme pour aller manger avec Prose.

- Comme c'est vous qui avez soulevé cette histoire, dit-il, je me suis dit...

- Que vous alliez me le faire payer? compléta Prose, pince-sans-rire.

- Que vous pourriez m'aider à débrouiller tout ça.

Puis il ajouta, avec un demi-sourire :

- Deux heures au Continental, il y a pire comme représailles. Même si je vous laisse payer l'addition.

- Je ne vous savais pas resquilleur.

- Je ne resquille pas, je vous permets de soulager votre conscience à peu de frais. Après tout, c'est à votre demande que je m'active depuis trois jours.

Une demi-heure plus tard, Théberge avait raconté à Prose le résultat des multiples enquêtes.

- Le problème, dit-il, c'est que je ne vois pas de véritable point commun. Rien de ce qu'on a envisagé ne tient... À votre avis, qu'est-ce que j'ai oublié?

- Les livres.

Théberge le regarda sans comprendre.

- Tous les libraires vendent des livres, reprit Prose. Et le deuxième point commun que je vois, c'est que la plupart des libraires aiment les livres.

- On ne tue pas les gens parce qu'ils aiment les livres!

- C'est vrai. Pour l'instant, on se contente de faire disparaître les livres, répliqua Prose avec une certaine aigreur. On tue le mal à la racine.

- Je vous sens un tantinet contrarié. Presque vindicatif.

- Je viens de lire la nouvelle politique culturelle du fédéral.

- Vous avez ma plus abondante sympathie.

Théberge n'avait aucune idée de ce que pouvait contenir ce document, mais le simple fait qu'il émane d'une officine gouvernementale... de surcroît d'un gouvernement dirigé par Jack Hammer...

Le reste du repas se déroula de façon agréable. Ils parlèrent encore un peu des libraires, puis du roman de Prose, qui venait d'être publié.

- Si vous aviez une affaire de ce genre dans un roman, demanda Théberge, comment est-ce que vous vous y prendriez pour la résoudre?

- La règle, c'est que le coupable est celui qu'on soupçonne le moins.

- L'enquêteur.

- Non. La chose a déjà été essayée, mais c'est un peu tricher avec le lecteur.

- Qui alors? Un autre libraire?

- Ça, ce serait bien. Mais il faudrait qu'il ait quelque chose de spécial.

- Comme?

- Je ne sais pas, moi... Un libraire qui déteste les livres.

- Ça existe?

- J'en ai connu un. Sauf qu'il détestait uniquement les livres de poche. Mais tous les livres de poche. Sans distinction. Pour lui, ce n'étaient pas de vrais livres.

En retournant chez lui, Théberge ruminait les réflexions de Prose. Il avait beau y penser, il ne voyait personne pour le rôle du « suspect improbable, mais réel » dont avait parlé Prose. On aurait dit un casse-tête dont on aurait eu à peu près toutes les pièces, mais dont il aurait manqué l'image pour guider la reconstruction.

10.

L'événement qui déclencha la résolution de l'affaire se produisit le lendemain après-midi. Falardeau avait fixé rendez-vous à Théberge dans un café pour lui présenter quelqu'un. Il arriva en compagnie d'un homme relativement petit, d'une quarantaine d'années.

- Je vous présente Robert Duculot. Il est libraire.

Des poignées de main peu convaincantes furent échangées, des cafés à prix excessif furent quéris, puis Théberge entra sans préambule dans le vif du sujet.

- Donc, vous êtes libraire?
- Oui. À la librairie Le Dernier Résistant.
- Et vous voulez me voir?
- L'enquêteur Falardeau dit que je dois vous raconter ce que je sais.
- Je suis tout ouïe.
- Pour vous dire la vérité...

Théberge fit une moue... C'était une des nombreuses règles empiriques qu'il s'était fixées au cours des ans, se méfier des gens qui commencent à raconter leur histoire par : « Pour vous dire la vérité... » Il aurait été bien mal pris de justifier rationnellement sa décision, mais cette règle lui avait souvent été utile.

Il y avait aussi ceux qui commençaient par : « À vrai dire... », « Vous ne me croirez peut-être pas, mais... » ou pire : « Chose sûre et certaine... »

Par contre, Théberge avait tendance à faire confiance à ceux qui commençaient par des déclarations d'incertitude : « Peut-être que... », « Je me demande si... »

Ses préférés étaient ceux qui avouaient d'emblée leur ignorance. C'étaient souvent ceux qui avaient noté à leur insu les choses les plus intéressantes. La difficulté était alors de les amener à prendre conscience de ce qu'ils avaient observé.

Duculot hésita quelques instants, comme s'il cherchait ses mots.

- Vous ne me croirez peut-être pas, reprit-il, mais je pense avoir découvert la cause des meurtres. Je parle des libraires.

Théberge avait les yeux fixés sur lui et il l'écoutait avec la même apparente bonne volonté que les néophytes boivent les paroles de leur guru.

- Vraiment?

Il y avait de l'admiration par anticipation dans la voix de Théberge.

- Chose sûre et certaine...

L'exposé du libraire dura une quinzaine de minutes. Il en ressortait que tous les libraires victimes d'incidents avaient eu le même livre en leur possession. Un livre qui leur avait été envoyé par erreur et qui avait été rapidement rappelé.

- Comment savez-vous ça?

- Parce que j'en ai reçu un, moi aussi.

- Je veux dire : comment savez-vous qu'eux, ils en ont reçu un?

- Parce que c'était un drôle d'envoi. Ça venait d'un distributeur australien que personne ne connaissait. J'en ai parlé à d'autres. C'est comme ça que...

- Les autres ont tous retourné le livre?

- Tous. Sauf moi. Je l'ai encore à la librairie... À vrai dire, je pense qu'ils veulent éliminer tous ceux qui ont lu ce livre... On était huit. Je suis le dernier lecteur.

Il sortit un livre de la serviette de cuir qu'il avait apportée et le déposa sur la table.

- Je saisis mal, fit Théberge.

- Je suis le dernier qui a eu la possibilité de lire ce livre.

- L'avant-dernier. Il y a aussi la propriétaire de la librairie Le Poids des mots...

- Je ne l'oublie pas.

- Elle a pourtant échappé à la tentative d'assassinat.

- Justement... Ça va vous paraître difficile à croire, mais elle ne fait pas partie de la liste.

- Vraiment? Et vous en déduisez quoi?

- Que quelqu'un a voulu profiter du fait qu'on s'en prenait aux libraires pour faire passer une vengeance sur le dos du tueur en série.

Théberge devait admettre que l'idée était astucieuse. Ça expliquait la différence de procédé, le côté brouillon de la scène de crime... Sauf qu'un détail clochait. Un détail essentiel. Au moment de l'attentat, le lien entre les différents crimes n'était pas encore connu du public... Le seul qui aurait pu le faire, c'était celui qui avait commis les autres meurtres... ce qui rendait l'hypothèse de Duculot absurde.

Néanmoins, Théberge s'efforça de conserver une attitude attentive, presque respectueuse.

- Et pour quelle raison aurait-on voulu faire disparaître ces livres?

- Ils dénoncent les magouilles des multinationales pour concentrer tous les médias de la planète entre quelques mains.

- Un complot international...?

- Chose sûre et certaine, ça dépasse les frontières du Québec. Ici, on n'a pas de gens qui ont ces moyens-là.

- Des gens comme qui?

- Plusieurs groupes sont dénoncés dans ce livre. N'importe lequel d'entre eux peut être responsable des assassinats.

- À votre avis, on devrait s'intéresser en priorité à quel groupe?

- Pour vous dire la vérité, ce sont tous des barbares. Pour eux, l'odeur de l'encre et du papier, la beauté d'une reliure cousue, la sensation du papier au toucher, tout ça n'a aucune existence. Leur rêve, c'est de vendre des fantômes de livres. Comme si on pouvait télécharger l'âme d'un livre!... Alors, savoir lequel d'entre eux...

Duculot s'interrompit, comme s'il était mal à l'aise de s'être laissé emporter.

- Si je vous ai bien compris, fit Théberge, vous n'êtes pas très favorable au livre électronique.

- Dans une civilisation sans âme, il est normal que le livre soit réduit à un ectoplasme numérique.

- Donc, si je vous résume, vous êtes venu me mettre sur la piste de ces marchands du Temple... version littéraire?

- Si vous voulez le dire comme ça, oui. Et aussi pour vous demander d'être protégé.

- Parce que vous êtes...

- Le dernier des derniers lecteurs.

12.

Falardeau fut chargé de conduire Robert Duculot dans une maison de sûreté. Pendant ce temps, Théberge se rendit au SPVM pour raconter à Crépeau ce qu'il venait d'apprendre.

- Tu crois à son histoire? demanda Crépeau.

- Tout est vraisemblable. Ce ne serait pas la première fois qu'une multinationale fait disparaître des gens qui la dérangent.

- D'habitude, ils font ça dans des pays en voie de sous-développement.

- Quand je regarde ce que Hammer et ses joyeux démolisseurs sont en train de faire du pays...

Crépeau se contenta de sourire pour prendre acte du commentaire.

Il était rare qu'il discute avec Théberge sans que ce dernier trouve le moyen de placer une remarque acide sur le premier ministre, qu'il surnommait le démolisseur en chef.

- Ça expliquerait aussi qu'ils aient les moyens d'avoir recours à des professionnels qui évitent de laisser des traces, reprit Crépeau.

- Sauf que...

Théberge laissa le reste de sa phrase en suspens.

- À quoi tu penses? demanda Crépeau après un moment.

- J'ai comme un mauvais pressentiment.

- Tu as peur qu'ils finissent à l'hôtel?

L'hôtel, c'était la partie de l'esprit de Théberge où se retrouvaient les victimes dont il n'avait pas réussi à identifier le meurtrier. Elles continuaient à l'accompagner même si, avec les années, leur présence s'atténuait.

- Non, répondit Théberge. C'est probablement moi qui...

Un geste d'impuissance acheva l'explication.

- Je viens de recevoir le rapport de l'équipe technique, reprit Crépeau en montrant un dossier sur son bureau.

- Ceux qui jouent à CSI?

- Il y a peut-être des choses qui vont t'intéresser.

- Tu as raison, répondit Théberge en prenant le dossier. Je vais regarder ça... Et je vais aller voir Prose.

- Tu veux en faire ton docteur Watson? fit Crépeau en souriant.

- Je veux seulement lui montrer le livre.

13.

Le lendemain matin, à dix heures vingt-six, Théberge reçut un bref courriel de Prose :

> Le livre n'est plus distribué par l'éditeur depuis deux ans. On peut cependant en avoir des exemplaires chez plusieurs revendeurs de livres usagés sur Internet.

À onze heures cinquante-huit, Théberge entra dans la maison de sûreté en compagnie de Simard et Falardeau. Robert Duculot était inculpé du meurtre de sept libraires ainsi que de la tentative de meurtre sur la propriétaire de la librairie Le Poids des mots.

Ils l'emmenèrent au SPVM, où ils le laissèrent mijoter un peu plus d'une heure en cellule. Puis Théberge l'aborda pour discuter avec lui.

Il ne s'agissait pas d'un interrogatoire à proprement dit, puisque Théberge n'avait aucune capacité officielle d'agir comme policier, mais comme par hasard, on oublia d'en informer Duculot.

- Si vous le voulez bien, commença Théberge, nous allons nous dispenser des aveux : nous avons vos empreintes à l'intérieur de la boîte qui a poussé le faux dictionnaire de plomb, c'est suffisant pour vous arrêter et vous interroger. J'aimerais surtout satisfaire ma curiosité.

Puis, après une pause, il enchaîna sur un ton presque complice en posant son café sur la table :

- Vous nous avez donné du fil à retordre, vous savez. Mais je pense avoir compris l'essentiel.

- J'admets que la boîte vient de chez moi, protesta Duculot : elle me l'avait empruntée. C'était une stratégie pour me piéger!

Théberge poursuivit sans tenir compte de la remarque.

- Au début, je butais sur les quatre premières morts. Jusqu'à ce que je me rende compte qu'elles étaient très littéraires... Les espions qui piquent les gens pour provoquer des crises cardiaques, c'est dans une foule de romans d'espionnage. Comme les piétons heurtés par une voiture en embuscade...

- C'est de la fabulation! protesta Duculot. Du pur roman!

- Vous avez raison : du pur roman. Et j'ajouterais : admirablement construit... La deuxième étape de votre plan était de rendre la série de meurtres publique. Le moyen que vous avez choisi était original : un meurtre raté. Celui avec le faux dictionnaire de plomb.

- Vous n'avez aucune preuve!

- On a trouvé chez vous la télécommande qui activait le piège... Pour quelle raison avez-vous négligé de vous en débarrasser? Un excès de confiance, à mon avis.

Le visage de Duculot accusa le coup.

- Ici, reprit Théberge, je ne suis pas tout à fait certain de votre raisonnement. À mon avis, vous pensiez que la libraire en réchapperait : ça expliquerait que tous les indices aient été laissés sur place... Et si jamais elle était morte — une malchance —, vous aviez probablement prévu d'alerter rapidement les policiers pour rendre plausible l'abondance de preuves.

Duculot ne répondit pas, mais Théberge comprit, à son expression, qu'il avait deviné juste.

- L'ennui avec les bons scénarios, reprit-il, c'est qu'ils sont cohérents. Et donc plus aisés à reconstruire une fois qu'on en a saisi la logique.

- Vous n'avez aucune idée de quoi vous parlez ! répliqua Duculot.

Mais il n'y avait plus tout à fait la même flamme dans sa voix.

- L'étape suivante, c'est le libraire qui s'immole par le feu. Là, vous m'avez surpris... jusqu'à ce que je me rappelle l'épisode des galeries d'art et des librairies incendiées dans le dernier roman de Victor Prose. On était encore en pleine littérature... Et vous avez poussé la fidélité jusqu'à utiliser le même procédé du message envoyé aux médias!

Théberge fit une pause pour prendre une gorgée de café et fit une grimace.

- À cette étape, reprit-il, tout se tient. On a trois modes d'opération différents qui concourent tous au même but : préparer la révélation finale. Très classique comme écriture romanesque. Sauf que là, vous avez eu une idée brillante.

Une étincelle de satisfaction passa dans le regard de Duculot.

- Une multinationale! reprit Théberge. Une histoire de complot. De quoi envoyer l'enquête s'embourber dans une fausse piste dont elle ne se serait jamais tirée. Génial!... Sauf que vous avez négligé un détail. Un détail crucial!... Il restait plusieurs exemplaires du livre chez les revendeurs de livres usagés qui opèrent sur Internet... Avouez que ça pose un problème : pour quelle raison une multinationale irait-elle jusqu'à éliminer tous les libraires susceptibles d'avoir lu un livre que n'importe qui pouvait trouver facilement sur Internet?... Là, vous m'avez déçu. Vraiment déçu. Je ne vous imaginais pas commettre une erreur aussi grossière... Jusqu'à ce que je pense que vous étiez peut-être comme moi.

- Comme vous?

Le ton de Duculot faisait résonner sa réponse comme une insulte.

- Allergique à Internet et à tous les trucs qui vous obligent à être branché sur quelque chose vingt-quatre heures sur vingt-quatre.

Puis il ajouta, en s'efforçant de ne pas avoir l'air trop triomphal :

- Je suis certain que vous n'avez même pas pensé qu'il pouvait y avoir des exemplaires usagés en vente sur Internet... Pour vous, un vrai livre, c'est un livre neuf. N'est-ce pas?

Le visage de Duculot était un aveu.

- De plus, reprit Théberge, ça confirmait mes soupçons que le coupable était un libraire. Il fallait être libraire pour avoir l'idée d'un complot visant à faire disparaître les petites librairies... Ce n'était pas une idée susceptible d'apparaître dans le cerveau du tout venant.

Théberge fit une nouvelle pause, regarda son café et décida de ne pas pousser plus loin l'expérimentation gustative. Sa conclusion était arrêtée et le verdict, tombé : infect.

- Donc, reprit-il, le suspect était un libraire. Et ce n'était pas un propriétaire de librairie de livres usagés, parce qu'il aurait été au courant de la concurrence Internet... Là aussi, vous avez été fidèle au roman de Prose. Un complot pour dissimuler un complot!

- Je déteste les romans policiers!

- Mais vous les lisez. Sans doute avec mauvaise conscience et frustration, mais vous les lisez... Vous leur rendez même hommage, puisque vous leur empruntez l'essentiel de vos stratagèmes.

- Précisément! C'est de la littérature utilitaire.

Théberge ne jugea pas utile de souligner l'aveu implicite.

- Ce qui m'intrigue, dit-il, c'est pourquoi vous avez fait tout ça... J'en ai bien une petite idée, mais j'aimerais vous entendre.

- Vous ne comprenez pas! Vous qui êtes portant si doué pour faire parler les indices...

- Nous avons chacun nos limites.

Duculot hésita avant de répondre.

- Je n'admets rien, dit-il. Mais, si je me mets dans la peau du meurtrier, force m'est de constater que, pour lui, le numérique et toutes ces salades, c'est pactiser avec l'ennemi... Voyez-vous, les libraires sont les derniers lecteurs. Les derniers qui, malgré leurs horaires délirants, trouvent encore le temps de lire. Il faut qu'ils disparaissent en beauté. Sans compromission. Sans se vendre à l'ennemi. Il faut que leur mort soit leur dernier témoignage.

L'interrogatoire dura encore vingt et une minutes. Après quoi Théberge se rendit au restaurant Nizza, pour s'acquitter de sa dette envers Prose.

- Comment ça s'est passé? demanda d'emblée Prose, qui taquinait un verre de blanc en attendant Théberge.

- Il a commencé par crâner, mais il n'a pas tenu très longtemps. Il avait besoin de revendiquer son « œuvre ».

- Pour quelle raison est-ce que vous n'avez pas marché dans son jeu?

- Toutes sortes de réticences...

- Et pourquoi vous avez pensé à lui?

- À cause de votre théorie sur le candidat le plus improbable. Il était la seule cible encore vivante et il demandait la protection policière... Difficile de trouver plus improbable!

Théberge ouvrit la carte des vins.

- Ce qui m'intrigue, dit Prose, c'est ce qui l'a poussé à commettre tous ces meurtres.

- Il voulait gagner un vote.

Prose suspendit son verre devant ses lèvres.

- Quel vote?

- Celui de la semaine prochaine à l'assemblée annuelle de l'Association des libraires du Québec. Tous ceux qu'il a éliminés étaient favorables à l'idée d'intégrer le livre électronique dans les librairies. Lui, il était contre la proposition. Il préconisait un boycottage net et sans discussion.

- Il a tué ces gens... pour...

Prose n'arrivait pas à terminer sa phrase.

- Par idéal.

- Mais... quelqu'un qui aime les livres... la connaissance...

- D'après mon expérience, reprit Théberge, c'est rarement la cause elle-même qui est dangereuse. C'est plutôt le fait qu'on soit prêt à tout y sacrifier.

LE PASSAGE

MICHEL TREMBLAY

Il ne lui reste que quelques pages à lire. Il regarde d'abord la planche de gauche dans son ensemble, la caresse du plat de la main avant de s'y attaquer. La composition de la page, la beauté de chaque case, les couleurs, plutôt sombres et délavées alors qu'il est habitué depuis si longtemps à celles, plus joyeuses et plus claires, des albums de *Tintin* ou de *Lucky Luke*, le réalisme du dessin des personnages, l'intensité de leurs regards, la gravité de leurs actions, tout l'intéresse. Cette fois, il n'est pas plongé dans une histoire pour enfant, il sent qu'il vient d'entreprendre quelque chose de plus sérieux, de plus « vieux », comme s'il se détournait pour la première fois de son enfance pour se diriger vers l'homme qu'il sera plus tard. Il ne comprend pas tout, bien sûr, des tas de choses le dépassent, par exemple il y est souvent question d'artistes et d'oeuvres dont il n'a jamais entendu parler, mais l'histoire est passionnante, les personnages attachants et, surtout, il veut savoir comment tout ça va se terminer. Avec Tintin, avec Lucky Luke, on sait toujours que ça va bien finir, qu'on va peut-être éclater de rire une dernière fois en parcourant la dernière planche (Rantanplan, les Dupont et Dupond, les frères Dalton, la Castafiore); pas cette fois-ci... C'est en même temps inquiétant et excitant. Inquiétant parce que c'est tout de même frustrant de voir tant de choses nous échapper et, surtout, parce qu'on veut que Leyla, Nike et Amir se retrouvent alors qu'on ne peut pas en être tout à fait convaincu vu la noirceur de l'ouvrage, et excitant parce qu'on sait que ça va nous donner le goût d'aller nous renseigner. Sur les oeuvres d'art citées autant que sur la guerre de Yougoslavie.

Il est plongé dans *Le Monstre* d'Enki Bilal depuis plusieurs jours. 271 pages! Les quatre histoires dans un seul volume! Il a été immergé dans la guerre de Yougoslavie dont il ne connaissait rien jusque-là, y a rencontré des personnages fascinants – trois orphelins nés dans le même lit en l'espace de quelques jours et qui doivent traverser des épreuves d'une difficulté inouïe avant de se retrouver - ; c'est violent, c'est même parfois difficile à supporter, mais il n'a pas pu s'empêcher de lire une histoire complète par jour, recroquevillé dans le fauteuil défoncé que lui a cédé sa mère lorsqu'elle a renouvelé l'ameublement du salon, ou étendu sur le ventre dans son lit qui commence à être un peu étroit pour lui.

* * *

C'était son anniversaire, au début de la semaine. Il avait dit à sa mère qu'il ne voulait plus de fêtes d'enfant avec ballons, confettis, flûtes et autres enfantillages qu'il commençait à trouver ridicules : à treize ans, il faut laisser tout ça derrière soi et il voulait fêter ça avec elle. En tête à tête. Mais si elle avait envie d'acheter un gros gâteau au chocolat, il la laissait libre… Elle avait semblé touchée, avait écrasé une larme, l'avait serré dans ses bras. Moment étrange parce qu'elle se montrait moins caressante et moins collante depuis que sa voix avait commencé à muer…

Le matin de sa fête, il avait donc trouvé sur la table de la cuisine un énorme gâteau forêt-noire et un paquet-cadeau presque aussi gros. En secret, il avait rêvé depuis quelques semaines d'un ordinateur portable bourré de jeux vidéos, mais il savait que sa mère n'en avait pas les moyens et il avait renoncé depuis longtemps à insister pour obtenir des choses qui coûtaient trop cher et qui feraient un trou important dans leur budget. (Il en avait assez que sa mère lui dise à tout bout de champ qu'il était un enfant raisonnable malgré tous ses défauts qui étaient, selon elle, fort nombreux; il savait cependant que c'était vrai et qu'il méritait le compliment.) Comprendre que sa mère se tuait au travail pour les faire vivre tous les deux -qui a besoin d'un père, d'ailleurs, quand on a une mère pareille? – avait été une des grandes découvertes de son enfance et avait mis un frein aux caprices qu'il aurait pu avoir en tant qu'enfant unique. Un enfant-roi, soit. Mais, eh bien oui, raisonnable.

Il avait tout de suite deviné que c'étaient des albums de bandes dessinées. Le format est standard, on ne peut pas s'y tromper. Comme le paquet était assez volumineux, il savait qu'il s'agissait de plusieurs albums. Il avait commencé par penser que sa mère lui avait racheté les trois Tintin qu'il avait prêtés, dont son favori, *Le Temple du soleil*, et qui n'étaient jamais revenus, mais il s'était dit que ce ne serait pas un vrai cadeau d'anniversaire…

Sa mère avait posé la main sur le paquet avant qu'il commence à en déchirer le papier.

« Si tu savais la misère que j'ai eue à me procurer ça…

- C'est rare?

- C'est plus que rare, mon petit gars, c'est pas encore disponible au Québec! J'ai dit à notre libraire que tu voulais lire quelque chose de plus sérieux que Tintin ou Spirou, a' m'a parlé de ça, mais c'était pas encore arrivé ici… Je l'ai commandé… J'ai eu peur que ça arrive jamais! Une chance que j'me sus prise d'avance! Y a traversé l'Atlantique à la nage, je pense! En tout cas, y est arrivé y a trois jours, pis j'ai enfin pu respirer… D'ailleurs, la libraire m'a dit qu'elle aimerait ça que t'ailles la voir quand tu vas avoir fini…

- Pourquoi? Elle a-tu peur que je comprenne pas?

- Non, mais a' m'a dit qu'y serait temps que tu passes à autre chose que les bandes dessinées…

- De quoi a' se mêle, elle?

- En tout cas, va la voir, a' m'a dit qu'elle aurait peut-être un petit quequ'chose pour toi…

- Pour ma fête?

- J'y ai pas demandé… »

* * *

Ça y est. Il a terminé. Nike, Leyla et Amir se sont retrouvés, mais à quel prix et après quelles aventures! C'est beau. C'est plus que beau. Et c'est allé chercher en lui des choses différentes, nouvelles, sur lesquelles il ne pourrait mettre un mot, des sentiments qu'aucune bande dessinée, avant, ne lui avait fait ressentir. Il n'a pas éclaté de rire une seule fois; il a tout lu les sourcils froncés, avec parfois une boule dans la gorge et souvent la peur au ventre.

Il sent que désormais Tintin et Lucky Luke vont rester sur les tablettes de sa petite bibliothèque, comme de lointains souvenirs d'enfance, des vétilles qu'on se pardonne parce qu'on était jeune et qu'elles venaient avant les choses importantes.

Il sait qu'il va revenir au *Monstre*, et souvent, qu'il va décortiquer chaque page, qu'il va analyser tout ce qui s'y dit, pour essayer d'en comprendre le plus possible. Qu'il va essayer de s'informer au sujet de la guerre de Yougoslavie, aussi, pour faire la part de ce qui est vrai et de ce qui a été inventé par l'auteur. C'est sa première lecture sérieuse et il en est très fier.

* * *

Pendant son heure de lunch, le lendemain, il décide de pousser une petite pointe en direction de la librairie qu'il fréquente depuis sa plus tendre enfance parce que sa mère ne peut jamais passer devant sans entrer saluer la libraire et bouquiner en jasant. C'est ainsi qu'il a découvert les bandes dessinées; elles étaient à sa hauteur, sur les tablettes, quand il était petit, et il avait pris l'habitude d'en feuilleter quelques-unes pendant que les deux femmes parlaient. Littérature ou autre chose.

Au beau milieu de la vitrine trône un exemplaire du *Monstre*; elle en a donc fait venir plusieurs exemplaires. Il est un peu déçu de savoir qu'il n'en possède pas le seul exemplaire au Québec...
Il tire la porte de la libraire, entre.

Elle est au téléphone et lui fait signe d'aller s'asseoir dans un des deux fauteuils qu'elle réserve aux clients qui veulent consulter des livres avant de les acheter. Il ne pourrait pas calculer le nombre d'heures qu'il a passé là à lire des bandes dessinées en attendant que sa mère se décide à partir. Il pigeait n'importe où, lisait n'importe quoi, même des albums pour les tout-petits. Même les Schtroumpfs, qui ne l'ont pourtant jamais intéressé. Il s'installe, s'empare d'un album, n'importe lequel. Quelque chose qui s'appelle *Le génie des alpages*. Jamais entendu parler.

Son appel téléphonique terminé, la libraire s'approche, s'installe à côté de lui. C'est une dame d'un certain âge avec de belles joues rondes et un ravissant sourire. Elle pourrait sans doute être sa grand-mère et il la préférerait bien à celle qu'il a déjà, trop sévère et trop stricte. Il se demande souvent comment elle a pu mettre au monde une femme aussi formidable que sa mère qui lui avait d'ailleurs un jour avoué qu'elle voulait lui éviter, à lui, l'enfance qu'elle avait elle-même connue. Il avait senti là une douleur inexprimée de laquelle il avait renoncé à s'approcher, de peur de faire souffrir sa mère.

La libraire lui pose une main sur le bras.

« Pour commencer, bonne fête. T'étais content de ton cadeau?

- Ah, oui, je l'ai lu en quatre jours! Une histoire par jour! C'est tellement bon! Si y en a fait d'autres, Enki Bilal, j'veux tous les lire!

- Il en a fait des tas d'autres. Et ils sont tous bons. Mais… »

Elle se rapproche un peu de lui, comme si elle avait une chose très importante à lui dire.

« Ça te tenterait pas d'essayer autre chose?

- D'autre chose que quoi?

- Que les bandes dessinées. »

C'est donc ça. Elle veut lui faire lire un livre sans images. Il aurait dû s'en douter, sa mère elle-même n'arrête pas de lui dire depuis quelque temps qu'il commence à être trop vieux pour les bandes dessinées. Il a beau lui répondre que des tas d'adultes en lisent, elle insiste quand même…

« Vous voulez dire des livres sans images?

- Oui. C'est ça. Des livres sans images. Tu n'as jamais essayé?

- À l'école, y nous font lire des petites nouvelles, là, qu'y appellent, mais j'ai ben de la misère.

- À te concentrer?

- Non, j'ai pas de misère à me concentrer, j'ai jamais eu de misère à me concentrer. Mais…

- Mais quoi…

- Je sais pas… J'vois pas… J'vois pas… On dirait que j'ai besoin des images pour comprendre l'histoire. Quand je lis quelque chose qui a pas d'images, j'vois juste les mots… J'vois pas ce qui a derrière… Avec les bandes dessinées, je peux toujours me rattraper avec les images…

- C'est parce que tu n'es pas habitué.

- Peut-être. Mais peut-être pas, non plus. »

Elle se lève, traverse la librairie, fouille dans un présentoir devant la caisse et revient avec un tout petit livre qu'elle pose sur ses genoux.

« Tiens. Pour ton anniversaire, c'est moi qui vais te demander un cadeau. J'aimerais que tu lises ça. »

Il prend le livre. Edgar Allan Poe. *Double assassinat dans la rue Morgue.*

« C'est un roman policier?

- C'est un des ancêtres du roman policier. Ça a été écrit au dix-neuvième siècle.

- Pis vous pensez que j'vas être capable de le lire? »

Elle réfléchit un petit moment avant de lui répondre.

« Écoute… Quand tu lis… Quand tu lis un roman comme celui-là, essaie de les oublier, les mots…

- Comment je fais ça?

- Tu vas voir, c'est moins difficile que ça en a l'air… À la longue ça se fait tout seul…

- Mais en attendant…

- En attendant, travaille un peu! Laisse tes yeux lire les mots et ton imagination faire le reste. Essaie de voir ce qu'il y a derrière les mots, pas juste les mots eux-mêmes. S'il y a une description, essaie d'imaginer dans ta tête ce que l'auteur te décrit… Les couleurs, les formes, les odeurs… Essaie de sentir les odeurs! Ça se fait, tu sais! Sers-toi de ta mémoire, sers-toi de ton intelligence. Les images que tu vas imaginer vont sans doute être plus belles que toutes celles que pourrait te dessiner un auteur de bandes dessinées…

- Ça se peut pas!

- Oui, ça se peut! Tu vas voir des choses et tu vas entendre des choses magnifiques! Je te le promets!

- Pis si j'y arrive pas?

- Tu vas y arriver! Essaie, au moins! »

Il regarde le livre, lit la quatrième de couverture.

« Ça a l'air d'une histoire intéressante… Mais… J'sais pas… »

Elle se lève parce qu'un client vient d'entrer dans la librairie.

« J'te le donne. Que tu arrives ou non à le lire, reviens m'en parler…

- Écoutez, je sais même pas si j'ai le goût de le lire.

- Ce n'est pas le goût qui te manque, c'est la peur de ne pas y arriver...»

Il sourit malgré lui.

« C'est vrai. C'est de l'orgueil. Si j'y arrive pas, ça va être ben humiliant...»

Elle pose la main dans ses cheveux comme le fait sa mère quand elle le trouve touchant.

« Tu vas y arriver. C'est impossible que tu n'y arrives pas. »

Le client semble s'impatienter. Elle lui fait un signe de la main. L'appelle par son prénom. Il sait ce qu'il veut, il n'a pas besoin de conseils, lui...

Edgar Allan Poe. *Double assassinat dans la rue Morgue.*

En tout cas, ça promet.

* * *

Deux jours plus tard, il tire la porte de la librairie, tout énervé, le rose aux joues, un sourire radieux aux lèvres. Elle est encore au téléphone, mais il n'attend pas qu'elle ait raccroché pour parler.

« Vous aviez raison! Vous aviez raison! J'ai tout vu! J'ai tout entendu! J'ai tout senti! Paris, les bruits dans les rues, les cris des femmes qui se font tuer, l'inspecteur Dupin dans sa redingote, le singe, le singe qui tue, je l'ai vu, lui aussi, pis... je l'ai senti! J'vous jure que je l'ai senti! Ça sentait le zoo! J'avais pas besoin d'images! C'est la première fois que ça m'arrive! J'ai faite comme vous m'avez dit, j'ai essayé d'oublier les mots que je lisais... pis ça a marché! Merci! J'sais pas comment vous remercier, mais je vous jure que j'vas continuer! »

Elle le regarde, abasourdie. Elle aussi a rougi.

« Excusez-moi, je vous dérange dans votre téléphone... »

Il se retourne pour sortir, se ravise, lève la main comme pour demander la permission d'ajouter une dernière chose.

« Mais faut pas me demander d'abandonner les bandes dessinées, par exemple! Jamais je les abandonnerai! »

Key West – décembre 2009

COMMENT ÉCRIRE UN LIVRE

JEAN FRANCOIS BEAUCHEMIN

Tu commences par devenir écrivain. Tu quittes l'université, puis tu rentres à la maison et tu ranges ton diplôme au fond d'un tiroir. Tu ne tires surtout pas de gloire de ce morceau de papier qui ne fera jamais que te confirmer dans ta capacité de *lecteur*. À cette étape, tu n'as encore rien d'un poète ou d'un romancier. Mais, c'est vrai, tu auras beaucoup lu pendant ces quelques années d'études. Fort bien. Un écrivain, après tout, n'est à peu près rien d'autre qu'un super lecteur. Mais le plus difficile est devant toi : il te faut maintenant unir à ce boulot de lecteur celui de l'équarrisseur de poutres, du navigateur solitaire et du dompteur de lions.

Il n'est d'ailleurs pas si important que tu aies fréquenté les écoles. L'essentiel est ailleurs. Sais-tu comment abattre un arbre, éviter de le faire tomber sur ta maison? Quand, sous les coups de ta hache, le bouleau s'effondre exactement à l'endroit que tu avais prévu, tu peux saisir ton crayon. Connais-tu l'art de débiter ton arbre en billots, puis de placer ces billots en rangées bien droites sous l'appentis? Alors tu peux songer à écrire.

Le mieux serait que tu sois *né* écrivain. Car alors tu auras entrepris très tôt ta carrière de lecteur. Si tu es né écrivain, les mots te sont venus de bonne heure : à cinq ans tu chaussais sans doute déjà tes hautes bottes de cuir, tu empoignais une chaise et un fouet et tu commençais à tourner autour de ton premier lion. À dix ans tu dépiautais ta première poutre et à quatorze tu partais sur ton bateau, seul avec ton âme et tes millions de mots. Retiens bien celui-là : ton *âme*. Tu peux te permettre de n'avoir qu'un talent ordinaire, ou une imagination convenue, et même une pensée qui ne fracasse rien. Mais pour écrire véritablement, il te faut une âme plus étonnante que les autres.

Tu es prêt à écrire ton livre. Oh, mais voici déjà le premier piège. Tu marches dans la jungle, ta machette à la main, tu avances, tu avances, ça va, le sentier s'ouvre devant toi. Puis ça y est, tu mets le pied au mauvais endroit et tu te retrouves suspendu à la branche d'un arbre, le corps enveloppé dans le filet du trappeur. Tu passes quelques heures la tête en bas à te débattre, puis tu te libères enfin. Tu tombes assez durement sur le sol, mais tu as bien compris la leçon : tu ne dois pas songer à faire un livre. Tu ne dois penser qu'à écrire.

Tu écris dix, parfois quinze pages chaque jour. Tu bombes le torse, tu te dis : « Je suis un écrivain, puisque j'écris quinze pages par jour! » Et pourtant tu sens bien que le lion se joue chaque jour un peu plus de ton fouet et de ta chaise. Une fois, tu sens sa crinière couleur de sable te frôler, tu hésites une seconde et c'est la seconde qui fait tout basculer : le fauve profite de ton hésitation pour s'approcher un peu plus puis, d'un coup de dent, il t'arrache un morceau de ta botte. Tu ne fais plus tant le fier. À partir du lendemain, tu n'écris plus qu'une seule page par jour. Tu consacres cinq, six heures à l'achèvement de tes vingt-trois lignes quotidiennes. Mais il t'arrive d'apercevoir dans ces lignes-là l'étonnant reflet de ton âme.

Tu décides de te procurer un petit carnet. Tu penses : « Tous les écrivains ont un carnet! » À la fin de ta journée de travail, quand tu sors te promener tu emportes avec toi ton crayon et ton carnet. Tu notes tout : la couleur du ciel, le bruit de tes pas, le moindre soubresaut de ton esprit. Tu songes déjà aux belles phrases que t'inspireront, demain, ces notes prises au hasard. C'est d'ailleurs ce que tu fais : le lendemain, tes notes te servent d'appui, tu t'y adosses comme au chambranle d'une porte. Tu écris grâce à elles des phrases formidables. Mais le soir tu comprends que tu as raté ta journée : pendant cinq, six heures, tu as momentanément cessé d'être un écrivain. Cela arrive. Tu te crois écrivain pour de bon et tu réalises qu'on n'est jamais écrivain pour de bon. Pour toutes sortes de raisons (il pleut, ta mère est malade, ton auto ne démarre plus) tu deviens, l'espace de quelques heures, de quelques jours et même de quelques semaines, quelque chose d'autre : un rédacteur, un traducteur, un professeur. Pourtant ton carnet regorge de descriptions, de bons filons. Un jour tu oublies le carnet chez toi et tu te rends compte qu'il ne t'a pas manqué. De retour devant l'écran ou ta page, tu découvres que ta pensée seule te suffit. Tu jettes ton carnet à la poubelle. Tu continues à apprendre. Tu équarris ta poutre.

Tu fais l'épicerie, la lessive, le budget, tu sors les poubelles. Tu te surprends un peu d'être demeuré le même homme qu'avant, d'être en somme encore semblable à tout le monde. Tant d'écrivains t'ont laissé croire le contraire : que l'écriture les avait transformés, qu'elle les avait ennoblis, en quelque sorte. On ne devrait écouter que d'une oreille distraite, ou avec pas mal de méfiance, les écrivains (et les gens en général) qui s'imaginent que leur travail les place au-dessus des autres. Pourquoi tant d'écrivains mettent-ils le pied dans le piège, et se retrouvent-ils la tête en bas à se débattre dans les mailles du filet?

* * *

Tu pressens que tu devras t'habituer à vivre dans l'anonymat presque complet, et aussi dans une certaine pauvreté. Tu seras seul sur ton bateau, et ton unique bien sera ta boussole, ton âme étonnante. Oh, sans doute, la télévision t'appellera de temps à autre, et les journaux écriront ton nom dans leurs colonnes. Tu gagneras évidemment un peu d'argent, et il t'arrivera peut-être même de remporter un prix, une médaille. Mais le plus souvent tu t'étonneras de cette solitude et de ce dénuement auxquels l'écriture t'a mené. Et c'est ici qu'il me faut te parler de la mort. Tu découvres que tu te sens toujours en contact avec elle. Tu ne l'as pas voulu, c'est ainsi. Et pourtant tu es un homme joyeux, certainement le plus joyeux que tu connaisses. Comment expliquer cela? Plus tu songes à cette question, plus tu crois que c'est ce qui explique ton choix de devenir écrivain. Tu veux, en creusant au plus profond des êtres, en interrogeant leur vie, leur pensée et leur mort, célébrer l'existence. Tu sais que tu n'as pas à t'inquiéter ou à te méfier de cet intérêt pour la mort. Ta curiosité n'est pas le signe d'un désespoir ou d'un esprit morbide, mais d'une exigence. Tu as beaucoup réfléchi depuis quelque temps à la brièveté des existences, à leur fin inéluctable. L'espèce d'écho qui résulte de cette réflexion t'instruit de ce que les choses ne te révèlent qu'à moitié. Si tu t'intéresses tant à la mort, c'est que tu y vois un reflet souvent plus exact que celui que tu aperçois dans tes songes, tes desseins et même tes actions. La vie, une certaine vie, obsédante, tragique et magnifique, y brille toujours.

C'est ce qui te permet d'être l'écrivain que tu as choisi d'être. Car tu veux, n'est-ce pas, te concentrer presque exclusivement sur la puissance évocatrice des mots. Tu lis toujours beaucoup, et tu t'interroges : tu remarques que dans les livres de littérature générale, bon nombre d'écrivains ont curieusement écarté l'idée que la langue écrite est un objet tout aussi important que l'intrigue qu'ils développent. Et cependant, comme eux, tu racontes bel et bien toi aussi une histoire. Mais tu apprends un peu plus chaque jour à ne plus poser le pied dans le filet du trappeur : tu n'es pas paresseux, la pensée que tu couches sur le papier peut bien être complexe, pourquoi pas? Tu décris dans tes vingt-trois lignes quotidiennes des existences faites de feux et de dangers, comme le sont d'ailleurs la plupart des existences. Tu t'intéresses aux faits. Mais il y a en plus dans cette évocation la petite musique d'un souffle vivace, prenant, comme glissé à l'oreille. Ceci afin peut-être d'évoquer une sorte de ferveur : celle de la vie, foisonnante, soutenue, terrible et magnifique.

* * *

Presque tous les écrivains que tu connais te disent de ne jamais penser à ton lecteur lorsque tu écris. Presque tous affirment qu'il faut pour bien écrire ne penser qu'à soi-même, n'écouter que sa propre conscience. Tu risquerais autrement, ajoutent-ils, de te censurer, de dévier de la trajectoire que tu t'es fixée en embarquant sur ton bateau. Cela te trouble, puisque tu sais bien que sans lecteur l'écrivain n'existe pas. Presque tous les écrivains que tu connais te disent qu'eux seuls savent ce qui est bon pour leur livre. Tu n'es pas si sûr de toi. Surtout, tu ne succombes pas à la grossièreté envers ton lecteur. Au contraire : tu l'écoutes. Tu n'écoutes même que lui. Tu équarris ta poutre en te demandant s'il sera chez lui dans la maison que tu bâtis. Au besoin, tu flanques quelques murs à terre.

En écrivant ton livre, tu as toujours à cœur de décrire un être humain nouveau, en qui l'instinct, l'intelligence et la sensibilité cohabitent non seulement sans se nuire, mais au contraire se complètent plutôt. Tu ne cherches pas à dépeindre un être parfait, sans reproches ni conflits ou démons intérieurs. Tu songes à ton lecteur. Tu souhaites seulement que cette description que tu fais d'une certaine humanité le réconcilie avec sa propre imperfection, et lui rappelle en cela non seulement les misères, mais surtout les grandeurs du cœur humain. Pour cela, tu choisis de montrer à ton lecteur des gens qui lui ressemblent, non pas tellement dans leurs faits et gestes, ni même dans leur histoire personnelle, mais plutôt dans une espèce de mécanique universelle du sentiment, commune à tous. Tu comprends de mieux en mieux cette idée qu'il te faut toujours, pour arriver à cela, compter avec le langage. Tu veux que l'histoire que tu écris tire sa profondeur, et presque son sens, de l'usage singulier que tu fais de la parole.

* * *

Tu ressens parfois le besoin de recourir à la poésie. Et cependant tu ne sais pas trop ce qu'est au juste la poésie. Mais tu sais que tu n'écriras pas de vers : presque personne ne parvient à en faire d'assez vrais. Tu ne te sers de la poésie que comme on se sert d'une pioche, ou d'une houe : pour creuser. Peu à peu, la poésie devient ta façon d'affirmer la vie secrète des choses. N'est-ce pas ton objectif premier, la raison pour laquelle tu entres chaque jour dans la cage du lion, une chaise et un fouet à la main, en faisant prudemment quelques pas de côté? Assez souvent, la poésie t'aide à accéder à l'intériorité que tu veux dépeindre, à te détourner d'une littérature succombant si facilement aux modes du jour, et presque tout entière occupée à décrire un monde d'apparences. Tu as compris récemment que la poésie n'est pas cette chose informe et très grave que tu croyais, mais qu'au contraire elle s'apparente à ce contact joyeux et infiniment concret, matériel, que tu entretiens avec la mort. Tu trouves dans la poésie non pas tant des mots et des phrases, mais une manière de vivre lucidement, dans laquelle la clairvoyance n'exclut jamais la sensibilité, les suggestions de l'instinct, les commandements de l'inconscient. Tu commences à te dire que la vraie pensée, après tout, est peut-être poétique.

Ton objectif est de mettre le plus possible dans la lumière l'âme plutôt que le visage, la perspective de l'esprit plutôt que le décor où les gens vivent, de donner vie à leurs songes, leurs desseins, leurs délires et leurs recueillements. C'est pour cette raison que tu refuses toute phrase qui n'éclaire pas directement ton propos : tu résumes d'un mot les événements, tu fuis l'effet, les coups de théâtre, les rebondissements. Tu files sur l'eau, tu prends de travers chaque vague : ta proue coupe la houle comme un couteau. Tu ne cèdes qu'au nécessaire, et c'est pourquoi ton livre ne sera pas très volumineux : il ne te sert à rien de consacrer le tiers de tes pages à des descriptions de paysages, de maisons ou de vêtements. Ta langue aussi est dépouillée. Tu fais de ton mieux pour qu'elle demeure souple, exacte, sans précipitation. Que te reste-t-il à la fin? L'essentiel : des êtres vus de l'intérieur, des natures, des âmes dont la présence et la force sont d'autant plus affirmées qu'elles ne sont plus encombrées de leurs masques. Tu t'inquiètes peut-être du peu de poids de tout cela. Et pourtant ton livre commence non pas à s'alourdir mais à se charger d'une aisance nouvelle, ces pages-là laissent un peu plus chaque jour en toi une trace qui n'est presque rien, une patte d'oiseau dans la vitre, mais qui fonde presque toute ton existence.

* * *

Ton patient travail porte ses fruits : tu distingues de plus en plus le profil de l'écrivain qui veut sourdre de toi-même. Après ce jaillissement que furent tes premières pages, tu as senti les effets durables du temps qui passe, de l'attention que tu portes à l'esprit des gens, aux objets, aux hasards. Tu ne regrettes pas les longs tâtonnements qui te furent nécessaires à partir de la page trente. Ton livre prend sa forme, qui n'est étrangement pas celle que tu projetais au départ. Tu n'aimes jamais tout à fait ce que tu écris, mais le murmure que tu crois entendre lorsque, de loin en loin, tu relis une page, t'apaise suffisamment.

Tu réalises tout à coup que tu n'as jamais souffert de ce mal mystérieux que d'autres ont appelé *syndrome de la page blanche*. À la longue, tu as compris que tu n'as pas à t'inquiéter : si les idées viennent à te manquer, tu n'as qu'à songer à ces quelques beaux mots si évocateurs : monde, esprit, étoiles. Non, tu ne souffres pas devant ta page : tu sais que les mots décident de tout.

Tu as quelques obsessions. Tu les mets dans ton livre. Tu écris presque à chaque page des choses à propos de l'amitié, de la douleur, de la joie, des chiens, des étoiles, de la mort, de l'inexistence de Dieu. Au début tu t'effrayais, tu croyais n'être qu'une sorte de radoteur. Tu découvres à présent que ces obsessions sont le cœur de ta vie, ce que tu connais le mieux, et c'est ce qui fait que ton livre sera un vrai livre. Tu as cru pendant un moment que ton métier d'écrivain t'apprenait à ne craindre aucune de tes pensées. C'est l'inverse qui est vrai : tu es devenu écrivain parce que la profondeur de l'âme humaine, les sentiments même les plus terribles ou les plus obscurs ne t'ont jamais fait peur.

* * *

Tu n'es pas à la mode. Le cynisme ne t'intéresse pas. Lorsque tu regardes au loin tu n'es pas du tout désespéré quant à l'avenir de l'humanité. Tu aurais aimé vivre dans cinq cent ou mille ans, voir un peu à quoi ressemblera le monde du futur, que tu imagines volontiers plus intéressant que celui d'aujourd'hui. Une chose t'attriste : quand ces gens de l'avenir penseront à l'époque où tu vis, à cette civilisation qui est la tienne, leur jugement sera sévère. Ils diront sûrement : « Mais à quoi pensaient-ils? Ils couraient à leur perte et ne faisaient rien. » Tu parles de cela dans ton livre.

Mais le passé aussi te captive. Quelle était ta vie il y a dix ans? Tu n'avais pas 30 ans. Tes parents vivaient encore. Tu étais extraordinairement ignorant. Un grand malheur t'attendait. Tu racontes cela aussi dans ton livre.

Écriras-tu un jour le livre que tu souhaites? C'est assez peu probable. Tu peux dompter le lion, le faire se dresser un moment sur ses pattes, mais tu vois bien qu'il reste toujours en lui un je-ne-sais-quoi de sauvage. Tu te dis que tu n'as plus le choix : tu seras écrivain jusqu'à la fin. Peut-être ainsi, à la longue, apprendras-tu comment écrire ce livre dont tu rêves. Après tout, ce n'est pas tout à fait impossible : d'autres l'ont fait avant toi. *L'Étranger* de Camus n'est-il pas un livre parfait? *Vol de nuit* de Saint-Exupéry n'est-il pas impeccablement écrit? *L'Écume des jours* de Vian n'est-il pas un pur chef-d'œuvre? Tu ne te compares évidemment pas à ces géants. Mais je te connais : tu as à ton avantage une espèce d'instinct, une intelligence du corps qui juge et comprend les choses plus rapidement que ne le fait la pensée, et qui est presque l'équivalent du talent. C'est pourquoi tu sais plus que quiconque que l'écrivain écrit *avec son corps*, tout autant qu'avec son esprit. Tu décriras cela dans ton prochain livre.

* * *

Pour joindre l'auteur, écrivez à
jfbeauchemin@aol.com

Liste des LIBRAIRIES INDÉPENDANTES
membre de L'ASSOCIATION DES LIBRAIRES DU QUÉBEC

ABITIBI-TÉMISCAMINGUE
Librairie Au Boulon d'Ancrage (Rouyn-Noranda)
Librairie En Marge (Rouyn-Noranda)
Librairie La Galerie du Livre (Val-d'Or)
Librairie Papeterie commerciale (Amos)
Librairie Papeterie commerciale (Val d'Or)
Librairie Service scolaire de Rouyn-Noranda (Rouyn-Noranda)
Librairie Services informatiques Logitem (Ville-Marie)

BAS-SAINT-LAURENT
Librairie Boutique Vénus (Rimouski)
Librairie Du Portage (Rivière-du-Loup)
Librairie J.A. Boucher (Rivière-du-Loup)
Librairie La Chouette (Matane)
Librairie L'Alphabet (Rimouski)
Librairie L'Hibou-Coup (Mont-Joli)
Librairie L'Option (La Pocatière)

CAPITALE NATIONALE
Librairie Baie St-Paul (Baie Saint-Paul)
Librairie Générale française (Québec)
Librairie Médiaspaul/Anne Sigier (Québec)
Librairie Mégaburo Leclerc (Roberval)
Librairie Pantoute (Québec, quartier Saint-Roch)
Librairie Pantoute (Vieux-Québec)
Librairie Vaugeois (Sillery)

CENTRE-DU-QUÉBEC
Librairie Centre du Québec (Drummondville)
Librairie Saint-Jean (Victoriaville)

CHAUDIÈRE-APPALACHES
Librairie A. L'Écuyer (Thetford Mines)
Librairie Livres en tête (Montmagny)
Librairie Sélect (Saint-Georges-de-Beauce)

CÔTE-NORD
Librairie A à Z (Baie-Comeau)

ESTRIE
Librairie Médiaspaul (Sherbrooke)

GASPÉSIE - ÎLES-DE-LA-MADELEINE
Librairie Alpha (Gaspé)
Librairie L'Expression (Sainte-Anne-des-Monts)
Librairie Liber (New Richmond)
Librairie Tabacado (Chandler)

LANAUDIÈRE
Librairire Lu-Lu (Mascouche)
Librairie Lincourt (Terrebonne)
Librairie Martin (Joliette)
Librairie Mosaïque (Repentigny)

LAURENTIDES
Librairie Carcajou (Rosemère)
Librairie BuroPlus Martin (Sainte-Agathe-des-Monts)

LAVAL
Librairie Imagine (Laval)
Librairie Carcajou (Laval)

MAURICIE
Librairie A.B.C. (La Tuque)
Librairie Centre du Québec (Trois-Rivières)
Librairie Clément Morin (Shawinigan)
Librairie Clément Morin (Trois-Rivières)
Librairie L'Exèdre (Trois-Rivières)
Librairie Paulines (Trois-Rivières)

MONTÉRÉGIE

Librairie Alire (Longueuil)
Librairie Au Carrefour (Saint-Jean-sur-Richelieu)
Librairie Au cœur du village (St-Bruno)
Librairie Cowansville (Cowansville)
Librairie Daigneault (Saint-Hyacinthe)
Librairie des Galeries de Granby (Granby)
Librairie des Sommets (Bromont)
Librairie La Foire du livre (Saint-Jean-sur-Richelieu)
Librairie La Procure de la Rive-Sud (Varennes)
Librairie Larico (Chambly)
Librairie Le Fureteur (Saint-Lambert)
Librairie Le livre d'or (Sutton)
Librairie Marcel Wilkie (Sorel)
Librairie Moderne (Saint-Jean-sur-Richelieu)
Librairie Solis (Saint-Hyacinthe)

MONTRÉAL

Librairie Asselin (Montréal)
Librairie de Verdun (Verdun)
Librairie du Centre canadien d'architecture (Montréal)
Librairie du Musée des Beaux-Arts de Montréal (Montréal)
Librairie du Square (Montréal)
Librairie La Maison de l'Éducation (Montréal)
Librairie Le Parchemin (Montréal)
Librairie Marché du livre (Montréal)
Librairie Médiaspaul (Montréal)
Librairie Michel Fortin (Montréal)
Librairie Olivieri (Montréal)
Librairie Paulines (Montréal)
Librairie Zone Libre (Montréal)

OUTAOUAIS

Librarie du Soleil (Gatineau)
Librairie Louis-Fréchette (Gatineau)
Librairie Michabou (Gatineau)
Librairie Réflexion (Gatineau)
Librairie Réflexion (Gatineau, Galeries de Hull)
Librairie Rose-Marie (Gatineau)

SAGUENAY LAC-ST-JEAN

Librairie Centrale (Dolbeau)
Librairie Harvey (Alma)
Librairie La Source (Chicoutimi)
Librairie Les Bouquinistes (Chicoutimi)
Librairie Marie-Laura (Jonquière)

HORS QUÉBEC

Librairie Le Bouquin (Tracadie-Sheila, Nouveau-Brunswick)
Librairie Pélagie (Caraquet, Nouveau-Brunswick)
Librairie Pélagie (Shippagan, Nouveau-Brunswick)
Librairie du Centre (Ottawa, Ontario)
Librairie du Nouvel-Ontario (Sudbury, Ontario)
Librairie Le Nord (Hearst, Ontario)
Librairie La Boutique du livre (Saint-Boniface, Manitoba)
Librairie Le Carrefour (Edmonton, Alberta)
Librairie Sophia Books (Vancouver, Colombie-Britannique)

**Association
des libraires
du Québec**

www.alq.qc.ca

Achevé d'imprimer
sur les presses de
l'imprimerie Gauvin
Gatineau, Québec, Canada
Mars 2010

Sources Mixtes
Groupe de produits issu de forêts bien
gérées et d'autres sources contrôlées.
www.fsc.org   Cert no. SGS-COC-2624
© 1996 Forest Stewardship Council